O MAIOR DE TODOS OS MISTÉRIOS

Dados Internacionais de Catalogação na Publicação (CIP)
(Câmara Brasileira do Livro, SP, Brasil)

Nicolelis, Miguel
  O maior de todos os mistérios / Miguel Nicolelis,
Giselda Laporta Nicolelis ; ilustrações de Ana Matsusaki. –
São Paulo: Editora do Brasil, 2017.

  Bibliografia.
  ISBN 978-85-10-06551-1

  1. Cérebro 2. Ciências 3. Literatura infantojuvenil I. Nicolelis,
Giselda Laporta. II. Matsusaki, Ana. III. Título.

17-04009   CDD-028.5

Índices para catálogo sistemático:
  1. Literatura infantojuvenil   028.5
  2. Literatura juvenil   028.5

© Editora do Brasil S.A., 2017
Todos os direitos reservados

Texto © Miguel Nicolelis e Giselda Laporta Nicolelis
Ilustrações © Ana Matsusaki

Este livro foi lançado anteriormente pela Editora Claro Enigma, em 2013.

Direção-geral: Vicente Tortamano Avanso
Direção adjunta: Maria Lúcia Kerr Cavalcante de Queiroz

Direção editorial: Cibele Mendes Curto Santos
Gerência editorial: Felipe Ramos Poletti
Supervisão de arte, editoração e produção digital: Adelaide Carolina Cerutti
Supervisão de controle de processos editoriais: Marta Dias Portero
Supervisão de direitos autorais: Marilisa Bertolone Mendes
Supervisão de revisão: Dora Helena Feres

Coordenação editorial: Gilsandro Vieira Sales
Assistência editorial: Paulo Fuzinelli
Auxílio editorial: Aline Sá Martins
Coordenação de arte: Maria Aparecida Alves
Design gráfico: Ana Matsusaki
Coordenação de revisão: Otacilio Palareti
Revisão: Sylmara Beletti
Controle de processos editoriais: Bruna Alves

1ª edição / 1ª impressão, 2017
Impresso na Elyon Indústria Gráfica

Rua Conselheiro Nébias, 887
São Paulo, SP – CEP: 01203-001
Fone: +55 11 3226-0211
www.editoradobrasil.com.br

MIGUEL NICOLELIS
GISELDA LAPORTA NICOLELIS

O MAIOR DE TODOS OS MISTÉRIOS

Ilustrações de
ANA MATSUSAKI

Para Lygia

O HOMEM QUE NÃO TEM OS OLHOS ABERTOS PARA O MISTÉRIO PASSARÁ PELA VIDA SEM VER NADA.

Albert Einstein

11 INTRODUÇÃO

19 SE AS COZINHAS FALASSEM

27 O FANTASMA QUE SOFRE

37 SEMPRE CONFIE NOS SEUS BIGODES

45 VAI COM TUDO, MENINA!

51 UMA GRANDE VIAGEM MENTAL AO REDOR DO MUNDO

57 NEM O CÉU É O LIMITE

67 HAJA CORAÇÃO!

75 ADIVINHE O QUE VEM POR AÍ...

INTRODUÇÃO

Imagine que você entrou em uma daquelas máquinas do tempo que aparecem em filmes de aventura e que ela recuou quase 14 bilhões de anos. Nesse período não existia nada: nem espaço nem tempo. Então, partículas de uma quentura extraordinária começaram a se expandir como massa fermentando.

Parabéns! Você é um felizardo, pois na sua imaginação está assistindo ao BIG BANG: o nascimento do UNIVERSO!

Nesse universo bebê ainda vai demorar muito tempo para surgirem as primeiras galáxias, isto é, os berçários de estrelas. Estrelas são imensas fornalhas que queimam sem parar o seu combustível – quando ele acaba, muitas explodem como estrelas supernovas, de um brilho incrível, cuja poeira vai formar novas galáxias, mais estrelas e algumas outras coisas surpreendentes! E o curioso de tudo isso é que o maravilhoso brilho que você vê no céu noturno pode ser o de uma estrela que já morreu, mas, como ela se localiza muito, muito longe daqui, só agora esse brilho chegou até nós, vindo das profundezas do Cosmos.

A máquina continua a viagem. Agora você está há quase 5 bilhões de anos e, da poeira de alguma supernova, surgiu o SOL, a estrela mais próxima de nós que reside na Via Láctea, uma das mais antigas galáxias de todo o Universo. Em volta do Sol giram vários planetas, e um deles é o planeta azul que habitamos – a TERRA. Quando o Sol esgotar seu combustível, também vai explodir (e, com ele, os seus planetas) e virar uma supernova, mas fique tranquilo: o Sol ainda é jovem, vai durar pelo menos mais 5 bilhões de anos.

Quando a Terra ainda era muito jovem, tudo era uma bagunça só, como quarto de adolescente em que a mãe nem quer entrar. Tempestades terríveis, que formariam os mares e oceanos, vulcões que surgiam das profundezas do planeta e se transformavam em montanhas... Por isso, é claro, não havia condições para a existência de qualquer tipo de vida.

Com o tempo, as coisas foram se acalmando. A vida surgiu primeiro na água, depois migrou para a terra. Houve até a época dos dinossauros, que dominaram o planeta por 250 milhões de anos até que uma pedrona, um meteorito, caiu do céu, e a poeira levantada pelo impacto da sua colisão com a Terra gerou uma nuvem enorme que escondeu a luz do Sol! Sem a luz solar, os dinossauros e mais uns outros bichos foram todos para o beleléu. Também hoje seria difícil aqueles brutamontes saírem por aí comendo um exagero de plantas, sem falar quanto seria terrível topar com um tiranossauro, um *serial killer* para ninguém botar defeito.

Azar de uns, sorte de outros. Com a saída de cena dos dinos, os pequenos mamíferos roedores fizeram a festa: foram evoluindo, evoluindo, até o surgimento dos primatas, quer dizer, dos macacos, e, logo depois, dos nossos primos, os gorilas, orangotangos, bonobos e, é claro, os chimpanzés, que são quase 100% geneticamente iguais a nós, primatas humanos – basta encarar um chimpanzé que a gente logo percebe isso.

Dos chimpanzés vieram uns caras que ainda eram mais bichos do que gente, mas já ficavam de pé, quer dizer, andavam eretos.

Eles deixaram pegadas ou mesmo ossos (fósseis) que fazem os paleontólogos salivar de prazer quando os desenterram. Uma das mais famosas de todas as nossas ancestrais é uma baixinha chamada Lucy, que recebeu esse nome porque o paleontólogo que a encontrou, num deserto africano, vivia ouvindo a música *Lucy in the sky with diamonds*, da banda inglesa The Beatles, no acampamento. Lucy andou ereta, na África, há quase 4 milhões de anos, e parecia a mistura de uma chimpanzé fêmea com uma mulher.

Só há uns 200 mil anos, finalmente, apareceram os primatas, que passaram a ser conhecidos como humanos: essa nossa turma recebeu o nome de *Homo sapiens*. Dá para imaginar um casal desse povo andando lá pela planície africana – porque, como a Lucy, o vovô e a vovó de toda a raça humana vieram da África – e olhando para o céu contemplando as estrelas? O que pensariam? Que aqueles miraculosos pontos cintilantes eram deuses que moravam no topo do mundo?

Entre nossas orelhas, com um quilo e quatrocentos gramas, está o órgão mais incrível e importante do nosso corpo de primata humano: o **cérebro**. Só para dar uma ideia: na Via Láctea, existem pelo menos 100 bilhões de estrelas; pois bem, dentro do nosso cérebro, há 100 bilhões de células chamadas neurônios, que transmitem e recebem informações eletroquímicas num ponto de encontro chamado **sinapse**.

Essa transmissão de informações é possível porque, dentro do cérebro, existem redes ou circuitos de transmissão tão complexos envolvendo esses bilhões de neurônios, que superam qualquer rede elétrica, computacional, mecânica ou telefônica jamais criada por seres humanos. Através delas, o cérebro desempenha sua principal função: criar todos os comportamentos que definem o que chamamos de **natureza humana**. E quer saber a maior? Usando computadores especiais, podemos ouvir o barulhinho que os neurônios fazem nesse troca-troca de informações: parecem pipocas estourando na panela, ou aquelas bombinhas que a criançada joga nas calçadas nas Festas Juninas.

Os neurônios emitem uns filamentos muito longos, chamados nervos, que estão espalhados por todo o nosso corpo, dos pés à cabeça: se você dá uma martelada no dedo, o cérebro é que sente a dor; se você tem dor de barriga, são os nervos dos neurônios do intestino que avisam o cérebro; se você está feliz, alegre, triste, nervoso, ansioso e até mesmo apaixonado – não é o coração que sente, esqueça –, na verdade é o cérebro que experimenta todas essas emoções; se tem fome, sono, vontade de tomar sorvete ou comer chocolate, lá está o cérebro a trabalhar em seu nome.

O cérebro é o maestro de uma grande orquestra que toca uma sinfonia, na qual cada neurônio é um músico. Como numa orquestra, os neurônios têm de estar muito afinados, quer dizer, tocar todos juntos com harmonia para que a música saia perfeita. Se um dos músicos adoece ou morre, outro toma o seu lugar para que a sinfonia continue.

Infelizmente, contudo, há doenças, chamadas de neurodegenerativas, que atacam de uma forma dramática grande parte dos neurônios, como o mal de Parkinson, o que faz com que as pessoas acometidas por essas enfermidades não controlem mais seus movimentos. Sem falar nas pessoas que se tornam paraplégicas (e só podem se movimentar em cadeiras de rodas) ou tetraplégicas (que não movem nenhum músculo abaixo do pescoço) por causa de terríveis acidentes e dependem de outros para tudo: comer, se vestir, passear.

Foram décadas de pesquisas em laboratório até que os cientistas desenvolvessem uma tecnologia – a chamada interface cérebro-máquina (ICM) –, um *microchip* que, colocado no cérebro, poderá controlar, num futuro não muito distante, uma veste robótica, delicada como uma segunda pele, mas forte como o exoesqueleto de um besouro, capaz de não apenas suportar o peso do paciente como permitir que ele volte a andar, correr, se movimentar, e se torne novamente independente. Surpreendentemente, essas interfaces cérebro-máquina poderão também permitir a restauração do sentido do **tato**.

Não é apenas na medicina que essas interfaces poderão causar uma verdadeira revolução, praticamente libertando o cérebro dos limites físicos do corpo, onde ele está aprisionado desde que surgiu o *Homo sapiens* lá na África.

Por exemplo: em vez de nos comunicarmos pela internet ou por celular, será possível estabelecermos uma comunicação direta de cérebro a cérebro, entre duas ou mais pessoas, à distância. Assim nasceria a chamada "brainet" (de *brain*, em inglês, que significa "cérebro")! Não é espetacular? Sem falar que não haverá reclamações sobre o valor da conta no fim do mês.

Melhor ainda, poderemos controlar todo tipo de máquina – de objetos caseiros, como computadores e micro-ondas, a automóveis – apenas com a força do pensamento.

Imagine, então, estar sentado à beira-mar e poder tocar – através da mão do seu corpo virtual (ou avatar) – o solo de um planeta distante sem sair da sua cadeira de praia favorita. E encontrar, quem sabe, até um alienígena que pense (e você entenda): "Puxa, eu não sabia que terráqueos estavam tão adiantados!".

Quer mais? Que tal escutar as memórias de seus antepassados, que poderão ser gravadas e estocadas para que seus descendentes tenham acesso a elas no futuro?

Impossível? O impossível é apenas aquilo que ainda não foi descoberto ou conquistado. O impossível é apenas o possível que ainda não foi realizado por alguém!

Duvida? Quem poderia imaginar que o ser humano conseguiria voar e chegar ao outro lado do mundo em algumas horas, quando, no passado, isso levava meses? Que se formulariam medicamentos os mais variados, como os antibióticos e as vacinas que salvam tantas vidas? Que o computador e depois a internet seriam criados? Que se descobriria o DNA? Que o genoma humano, com seus 30 mil genes, uma merreca se comparado com o genoma do arroz, seria mapeado? Que chegaríamos à Lua? Que telescópios de última geração, orbitando a Terra, estudariam o Cosmos? Que haveria transplantes de órgãos? E que a fertilização *in vitro* geraria os chamados bebês de proveta? Que embriões resultantes dessa técnica seriam congelados e nasceriam, mesmo depois da morte da mãe, ao serem implantados em úteros substitutos, até mesmo nos de suas avós? Sempre houve um atrevido ou curioso, o que dá na mesma, que fez a pergunta certa e foi atrás da resposta. A ciência não é feita por um, mas por muitos cientistas, que, assim como numa corrida de revezamento, vão passando o bastão para os outros até que – *big bang*! – uma descoberta científica revolucionária possa acontecer.

Nessa grande corrida científica, o Universo nos inspira sempre, pois ele não para de se expandir. E, assim como nossos antepassados nas planícies africanas, nós continuamos a nos deslumbrar com o brilho do céu estrelado. Mas com uma diferença: agora sabemos que os "deuses" somos nós – porque da poeira de estrelas também foi criado o maior de todos os mistérios: **o cérebro humano**.

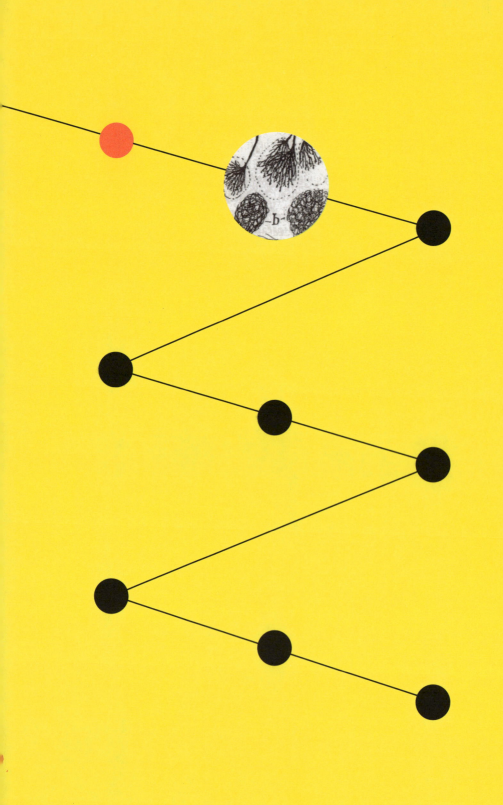

SE AS COZINHAS FALASSEM

E a nossa viagem imaginária continua. Agora você chegou a Madri, Espanha, no fim do século XIX. No meio de um laboratório sem igual no mundo – a cozinha de sua casa! –, um homem calvo e de barbicha está debruçado sobre um microscópio inspecionando lâminas de vidro que contêm fatias muitos finas de cérebro de ratos. O que ele mais adora é examinar detalhes das células que formam o cérebro de pequenos animais: pássaros, répteis, mamíferos etc.

Guarde o nome dele: Santiago Ramón y Cajal. Ele entrará para a história como o verdadeiro pai do ramo da ciência que estuda o cérebro, a chamada neurociência.

Havia anos que Ramón y Cajal se dedicava a seus estudos com uma paciência inacreditável. A cada dia, produzia pequenos cubos de tecido cerebral que eram, então, tratados em uma série de reações químicas. Essas reações primeiro endureciam o tecido e depois o coravam, de maneira que as principais células que formam o cérebro pudessem ser visualizadas posteriormente, sob a luz de um microscópio. Esse processo químico ficou conhecido como reação negra, pois colore os neurônios de preto deixando o resto de tecido amarelado, e foi inventado por Camillo Golgi, um médico e cientista da Universidade de Pavia, na Itália – curiosamente, ele também usava a cozinha de sua casa como laboratório.

Após concluir esse processo, Ramón y Cajal usava uma lâmina de metal muito afiada para fatiar cada bloco e produzir uma enorme sequência de fatias finíssimas (da ordem de 100 micra, ou 1/10 de milímetro). Essas fatias eram então delicadamente colocadas na superfície de lâminas de vidro recobertas com gelatina. A gelatina fazia com que as fatias de tecido ficassem bem aderidas às lâminas de vidro, permitindo que Ramón y Cajal as recobrisse com uma capa de vidro muito fina. Desse modo, ele podia observar as fatias de cérebro no seu microscópio favorito e passar a maior parte do dia desenhando todos os detalhes dos primeiros circuitos de células cerebrais jamais vistos por qualquer outro par de olhos humanos.

Como era um emérito desenhista, Ramón y Cajal criou um método muito engenhoso de reproduzir em papel tudo aquilo que ele podia observar através do seu microscópio. Apaixonado por seu trabalho, passou décadas desenhando tudo o que via nas incontáveis tardes e noites em que ele descobria os mistérios microscópicos do cérebro. Os desenhos e as gravuras que resultaram desse esforço são magníficos, e até hoje, mais de cem anos passados, eles ainda emocionam qualquer neurocientista que os inspeciona pela primeira vez.

E foi assim que Ramón y Cajal se transformou no Galileu da neurociência. Enquanto Galileu observou com espanto os planetas do Sistema Solar e as estrelas do Universo através do seu telescópio, o espanhol se extasiou explorando o universo celular que forma o nosso cérebro.

Novo destino: agora você está na arquibancada de um circo, assistindo ao espetáculo. Olhe para cima, quase na altura da lona: lá estão os trapezistas, sem nenhuma rede embaixo deles.

Um deles em pleno voo larga o trapézio e, por segundos, paira no ar, antes que suas mãos encontrem as do outro trapezista, que, por sua vez, espera por ele dependurado em seu trapézio. Nenhum deles pode falhar, tudo tem de ser perfeito: o salto do primeiro e a recepção do segundo trapezista.

Foi isso que Ramón y Cajal descobriu em seu microscópio: que a principal célula do cérebro, chamada neurônio, transmite informações, por meio de sequências de pulsos elétricos, para outro neurônio através de um comprido prolongamento chamado **axônio**, que faz o papel do primeiro trapezista; esse axônio se aproxima muito do outro neurônio – o segundo trapezista, mas não chega a tocá-lo. Sobra, portanto, um espaço muito pequeno entre o primeiro e o segundo neurônio. Esse espaço é chamado de **sinapse**.

Geralmente, o axônio do primeiro neurônio termina numa série de filamentos mais finos que definem múltiplas sinapses próximas de uma região especial do corpo do segundo neurônio – essa região, muito parecida com os ramos de uma árvore, foi chamada de **dendritos**. Hoje sabemos que o impulso elétrico produzido por um neurônio trafega por seu axônio e é transmitido, através das sinapses, para os dendritos do segundo neurônio. Essa informação é conhecida porque neurocientistas, muitos anos depois dos trabalhos originais de Ramón y Cajal, desenvolveram métodos para medir a propagação de estímulos elétricos através do axônio de um neurônio e a sua transmissão para os dendritos de outra célula.

Todavia, muito antes que esses métodos tivessem sido inventados e que medições fossem feitas, Ramón y Cajal, simplesmente observando os circuitos neurais formados pelas conexões de centenas de neurônios coloridos nas suas lâminas de microscópio, deduziu que era este o trajeto dos sinais elétricos no cérebro: do axônio

de um neurônio para os dendritos de outro. Esse e outros achados impressionantes desse espanhol genial serviram como certidão de nascimento da neurociência.

As descobertas de Ramón y Cajal definiram que o cérebro nada mais é que um enorme emaranhado, uma gigantesca teia de neurônios e seus axônios (ou nervos). Nessa teia celular, bilhões de neurônios se comunicam entre si seguindo o mesmo princípio: se sou um neurônio e quero mandar uma mensagem para os meus vizinhos neurônios, basta que meu axônio estabeleça sinapses (ou contatos) com essas outras células de tal maneira que meus impulsos elétricos (que transmitem toda a informação produzida pelo cérebro) possam se propagar pelo meu axônio, cruzar a sinapse e atingir os dendritos das células vizinhas.

Essa simples regra, utilizada por trilhões de conexões neuronais em todo o cérebro, nos permite lembrar os nomes dos nossos amigos e parentes, sentir o frescor da brisa do mar, ouvir uma música, gerar os movimentos mais precisos do corpo, imaginar o futuro, sonhar com o passado e estudar todo o mundo que nos cerca. Na mente de qualquer ser humano que já viveu, vive ou viverá, tudo se baseia nessa regra básica da interação de axônios e dendritos, via sinapses, revelada e reproduzida em milhares de desenhos do pai da neurociência, os quais, até hoje, são referência nos estudos do cérebro.

Na primeira metade do século XX, os pioneiros do estudo do cérebro tinham certeza de que toda informação que este recebia através da pele, da retina, da orelha interna, do epitélio nasal e da língua era totalmente independente, quer dizer, terminava em áreas cerebrais específicas. Eles acreditavam que o cérebro era como um grande salão (onde funcionários trabalhavam em cubículos separados, como se vê hoje em várias empresas). Essa visão foi chamada de teoria localizacionista do cérebro.

Outros cientistas, contudo, tinham uma teoria alternativa para o funcionamento do cérebro. Essa visão pode ser mais bem explicada por meio de exemplos muito familiares. Quando se realiza uma eleição para a Presidência do Brasil, pessoas de todos os municípios do país votam para decidir quem ocupará o cargo. Da mesma forma, quando alguém realiza uma busca no Google, um enorme número de computadores interconectados mundo afora garante que a pergunta será recebida por um dos milhares de servidores da empresa e que o resultado aparecerá no monitor. Pois bem, na visão alternativa proposta por esse outro grupo de neurocientistas, o cérebro humano funciona como uma eleição presidencial ou uma busca feita no Google – isto é, para produzir qualquer um dos comportamentos vitais à nossa existência, o cérebro realiza uma espécie de "eleição" ou "busca" neuronal que envolve milhares, ou mesmo milhões, de neurônios distribuídos por múltiplas das suas regiões.

Então, nessa teoria alternativa, chamada de distribucionista, o cérebro delega o ato de pensar a grandes populações de neurônios distribuídas por toda a sua vasta extensão. Tal estratégia, na opinião dos cientistas que a propõem, constitui uma eficiente apólice de seguro para o cérebro, pois evita que uma pessoa perca funções cerebrais importantes quando um ou mais neurônios são destruídos, quer por um traumatismo, quer por uma doença.

Na natureza, vemos outros exemplos dessa apólice de seguro. Quando leões africanos querem matar um elefante, uma presa muito grande e perigosa mesmo para eles, jamais atacam sozinhos, mas em bandos; dessa forma, ainda que o elefante, surpreendido a beber água, reaja e mate um dos leões, os demais irão se unir e, muito possivelmente, se regalar com um suculento bife. Pássaros migratórios cruzando o ar em busca de um clima mais quente, cardumes navegando em verdes mares para se reproduzirem, capivaras pastando no planalto central brasileiro, todos se juntam em grandes bandos para dividir a atenção do inimigo e reduzir significativamente a probabilidade de que um deles se torne a refeição do dia do predador esfomeado.

Novamente você é transportado pela máquina do tempo e agora, vestido a rigor, se encontra num salão majestoso em Estocolmo, na Suécia. É uma noite histórica para a ciência mundial, o rei da Suécia em pessoa entregará o Prêmio Nobel de Medicina. O ano é 1906 e, pela primeira vez desde que o prêmio foi criado, ele será dividido por dois eminentes cientistas, Santiago Ramón y Cajal e Camillo Golgi, pela enorme contribuição que deram ao estudo da estrutura microscópica do cérebro.

Apesar do prêmio em comum, eles pensam de forma diferente: Ramón y Cajal acreditava no neurônio isolado como unidade funcional do cérebro, assim era adepto da teoria localizacionista; Golgi, ao contrário, achava que o cérebro era distribucionista, ou seja, como na história dos três mosqueteiros, era "um por todos, e todos por um". Para Golgi, massas de tecido contínuo, e não células separadas, definiam a unidade funcional do cérebro.

Ambos fizeram as apresentações de sua teoria para auditórios lotados e na presença do rival – um discordando do outro, é claro, mas também disparando elogios ao oponente.

Foi assim que, entre tapas e abraços, nasceu a neurociência moderna.

Felizes, provavelmente, ficaram as esposas de Ramón y Cajal e Golgi. Afinal, os maridos delas e os alunos deles agora podiam continuar os trabalhos em modernos laboratórios e, de uma vez por todas, desocupar as cozinhas, para que elas pudessem retornar a práticas, digamos, mais gastronômicas.

O FANTASMA QUE SOFRE

A máquina do tempo vai levá-lo agora para uns quinhentos anos atrás. Coragem, porque o que você vai ver é terrível! Dois exércitos inimigos acabam de se confrontarem numa batalha sangrenta. Há corpos espalhados por toda parte, e os que tiveram a sorte de sobreviver à carnificina gritam por causa dos membros decepados. Está vendo um homem cuidando dos feridos? Seu nome é Ambroise Paré; ele não é médico, mas cirurgião-barbeiro, na época o profissional que fazia cirurgias. Paré é tão competente que tem até reis como clientes.

Naquela época acreditava-se que os ferimentos produzidos por armas de fogo eram venenosos, e o tratamento era feito com aplicação de ferro em brasa ou óleo fervente. Dá para imaginar o sofrimento dos pobres sobreviventes!

Paré também aplicava os tais óleos ferventes nos coitados dos feridos. Mas, justo no dia em que o encontramos cuidando dos combatentes, o óleo acabou e ele, desesperado para acudi-los, faz uma mistura de gema de ovo, óleo de rosas e terebintina. Após passar a noite na maior aflição, achando que os feridos podiam ter piorado ou morrido, fica espantado quando vê que eles estão bem, com os ferimentos começando a cicatrizar.

E foi esse notável cirurgião com larga experiência nos campos de batalha que descreveu um fenômeno incrível:

> *Na verdade, é uma coisa maravilhosamente estranha e prodigiosa, que seria difícil acreditar (salvo por aqueles que a viram com seus próprios olhos e a ouviram com seus próprios ouvidos), que os pacientes se queixem amargamente, vários meses após a amputação, de ainda sentirem uma dor excessivamente forte no membro já amputado.*

Paré não é bobo. Sabe que, se ficar falando sobre isso, pode ser tachado de louco ou até pior, numa época em que as supostas bruxas vão parar na fogueira. Só muito tempo depois, quando publicou seus livros, é que descreveu essas experiências, mas em francês, seu idioma natal, que não era muito lido – os livros científicos eram publicados em latim.

Sua viagem avança cerca de duzentos anos e outro susto! Você agora está em 1797, no meio da batalha entre britânicos e espanhóis, em Santa Cruz de Tenerife, nas Ilhas Canárias. O almirante Nelson, da Marinha britânica, ao desembarcar do bote, é atingido no braço direito por uma bala de um mosquete espanhol. A lesão é tão terrível que o braço tem de ser amputado.

Oito anos mais tarde, na véspera da Batalha de Trafalgar, ele escreve uma carta entusiasmada para a rainha da Inglaterra dizendo que teve uma revelação divina: seu braço e sua mão direitos vão empunhar a espada que a rainha lhe deu para defender a Coroa britânica. Nem adianta lhe contar a verdade porque ele não vai acreditar.

Na manhã seguinte, você presencia o almirante derrotar as forças de Napoleão Bonaparte com sua espada fantasma – e mais 2 mil canhões, é bom que se diga. Mas, dessa vez, Nelson não dá sorte: logo após a batalha, outro tiro lhe tira a vida e o transforma em lenda.

Mais um salto no tempo, e você está nos Estados Unidos, em 3 de julho de 1863, num dos mais sangrentos episódios da Guerra Civil Americana, a Batalha de Gettysburg, que opôs o Sul escravagista ao Norte abolicionista. Os confederados, como são chamados os sulistas que querem manter a escravidão negra, são dizimados pelas tropas da União, alojadas no topo de um morro que será chamado, por causa da carnificina, de Cemetery Hill (o "Morro do Cemitério").

Nos dias seguintes, nas barracas médicas, você ouve os gritos desesperados dos sobreviventes que experimentam o terror de sentir pernas invisíveis tentando levá-los para os matagais onde haviam sido alvejados. E você ouve o neurologista americano Silas Weir Mitchell, que serve no exército do presidente Lincoln, chamar essa coleção de sintomas de a "síndrome do membro fantasma".

Mesmo depois de terminada a Guerra Civil Americana, entrevistas com milhares de amputados sugerem que uma dor intensa, antes da amputação de um membro, por várias causas, como fratura grave, ferida profunda, queimadura extensa ou gangrena disseminada, constitui o maior fator de risco associado ao aparecimento da dor de um membro fantasma.

Você, que talvez resolva estudar Medicina, agora visita enfermarias de hospitais para confirmar tudo isso. E ouve pacientes cujos membros foram amputados contarem histórias incríveis aos médicos: pernas que não existem mais estão prestes a pular da cama e sair andando por conta própria, ou assumem uma postura anormal, muito dolorosa, e assim permanecem como se estivessem congeladas.

E não para por aí. À medida que você ouve a conversa de pessoas que foram operadas e tiveram outros órgãos retirados, como mamas, dentes e até órgãos internos, descobre que elas também podem sentir essa dor fantasma. Mulheres que fizeram histerectomia, isto é, retiraram o útero e o ovários, chegam a sentir cólicas menstruais e até mesmo contrações que simulam o trabalho de parto.

E quer saber da maior? Há tempos, um astronauta da Nasa, em visita à Universidade Duke, nos Estados Unidos, contou que, na sua primeira missão espacial, o piloto do ônibus espacial em que ele estava começou a agir de forma muito estranha. Irritado, ele pedia que os colegas parassem de pôr a mão no seu painel de controle esquerdo. Quando foi informado de que ninguém colocara a mão sobre o painel, ele retrucou: "A mão que está no painel esquerdo certamente não é a minha".

Alguns minutos depois, para tranquilidade – ufa! – dos demais astronautas (e do controle de terra em Houston), o piloto informou: "Podem relaxar, acabei de encontrar minha mão, que estava perdida no painel de controle". A mão estava lá, mas o cérebro dele a ignorou. Parece brincadeira, mas já pensou, em pleno espaço, o piloto esquecer que tem mão? E não dava para dizer: "Dê meia-volta que eu quero voltar para a Terra".

Durante muito tempo, especialistas tentaram explicar como o fenômeno do membro fantasma é gerado. Inúmeras teorias foram propostas. Todas essas explicações esbarravam no fato de que essa dor tão peculiar quanto devastadora podia aparecer logo em seguida à amputação ou dias, meses e até anos depois. Para uns felizardos, ela era suportável; para outros, lancinante. Houve até uma minoria de sortudos que jamais a sentiram.

Para estudar esse fenômeno, foram desenvolvidas técnicas para enganar o cérebro, mas nenhuma teve um resultado definitivo, apesar de todos os esforços. Atualmente, depois de mais de sessenta anos de estudos intensos, a teoria mais aceita propõe que a sensação do membro fantasma é gerada por um enorme circuito neural do cérebro que participa da definição da identidade corpórea que cada um de nós possui e reconhece desde o início da vida.

Esse circuito neural, por exemplo, é que define a sensação que cada um de nós experimenta desde criança de ocupar um corpo finito, que termina no limite da última camada de células da nossa pele. E é desse mesmo circuito, formado por milhões de neurônios interconectados, que brota a inconfundível assinatura do nosso eu: a experiência que acompanha toda a nossa existência, de sermos protagonistas de uma história individual com começo, meio e fim.

De acordo com essa teoria, o cérebro humano funciona como um grande escultor que constrói e mantém a nossa realidade corporal, isto é, a definição da configuração tridimensional e dos limites do nosso corpo de carne e osso. Assim, para o cérebro, mesmo que um membro ou órgão seja retirado, a escultura corporal original criada por ele na nossa mente continua se mantendo íntegra, da forma que ela foi concebida.

E não é apenas no membro fantasma que o domínio do cérebro se manifesta. Experimentos – que serão descritos em outros capítulos desta nossa viagem – revelaram que todas as ferramentas que cada um de nós utiliza na vida cotidiana são rapidamente armazenadas pelo cérebro como extensões da escultura neural criada por ele para representar o formato do nosso corpo. Por exemplo, o cérebro de um músico que toca violino por anos a fio e treina várias horas ao dia tende a incorporar o instrumento musical como se ele fizesse parte ou fosse uma simples extensão do seu corpo biológico.

Isso vale também para atletas de nível internacional, como jogadores de futebol. Muito provavelmente, os grandes craques são tão melhores que os jogadores comuns porque o cérebro deles incorporou quase que completamente o instrumento da sua arte, a bola, como simples extensão dos pés. Isso explica por que os grandes jogadores de todos os tempos, gente como Pelé, Ademir da Guia, Rivelino, Maradona, não precisavam perder muito tempo olhando para a bola enquanto a conduziam pelo campo, davam um passe genial ou marcavam um gol de placa. Para eles, a bola era apenas uma parte do corpo e, sendo assim, tanto ela como o espaço em torno dela não precisavam ser constantemente vigiados.

Mas não são apenas o cérebro de virtuoses musicais e atletas que fazem esses truques impressionantes que nenhum mágico consegue imitar: o cérebro é um grande administrador e perfeccionista – em cada um de nós, ele trabalha numa rotina frenética, de assimilação de tudo que nos rodeia para modelar a nossa autoimagem corpórea através desse fluxo constante de informações. Para isso ele também incorpora – como um *tsunami* – nossas roupas, relógios, sapatos, carros, computadores e quaisquer outros instrumentos que usamos no dia a dia.

Experimente perguntar a um cirurgião, um dentista, um piloto de Fórmula 1 ou a um piloto de avião como se sentem quando ficam algum tempo sem manipular seus instrumentos de trabalho (bisturi, broca, carro e avião). Provavelmente, irão dizer que sentem como se um pedaço do corpo deles estivesse faltando!

E ainda há relatos de sensações extracorpóreas, quando as pessoas sentem que saíram do próprio corpo – tais sensações podem ser induzidas quando se está, por exemplo, sob efeito de anestesia geral, em cirurgias extensas; durante a ocorrência de trauma cerebral ou situações de morte aparente, em acidente automobilístico grave; com o consumo de drogas psicodélicas; durante meditação profunda ou em privação de sono por muitos dias.

Quando finalmente a nossa espécie puder utilizar de forma cotidiana interfaces cérebro-máquina – *microchips* inseridos nos cérebros – para realizar uma série de tarefas corriqueiras, o nosso cérebro também irá interagir com ferramentas artificiais, localizadas perto ou longe do nosso corpo biológico, incorporando-as como parte de nós.

Como veremos em outros capítulos, macacos que foram treinados para interagir com interfaces cérebro-máquina para controlar, apenas com a força do pensamento, ferramentas robóticas, computacionais e mesmo membros virtuais exibiram todos os sinais comportamentais condizentes com a hipótese de que essas ferramentas foram incorporadas pelo cérebro de cada um como extensões de seu corpo de primata. Tal incorporação fez com que esses animais se transformassem nos primeiros primatas capazes de libertar os desejos motores do cérebro dos limites físicos do corpo deles.

Isso se deu porque, no caso desses macacos, cada vez que um deles desejava movimentar uma das ferramentas, não importa se ela estava a seu lado ou do outro lado do planeta, bastava ao animal imaginar o movimento dentro da sua cabeça para que a ferramenta em questão obedecesse ao comando motor gerado nos confins das profundezas do seu cérebro.

Imagine só isso: no futuro, quando quisermos realizar alguma tarefa fundamental, talvez nem precisemos mexer nenhuma parte do nosso corpo de primatas: bastará imaginar o que queremos fazer para que uma máquina, construída por outro cérebro também de primata, realize os nossos desejos motores!

Para alguns, esse futuro pode soar aterrorizante ou mesmo como o fim da humanidade como nós a conhecemos. Na realidade, caso esse futuro se materialize, uma série de oportunidades inigualáveis se abrirá para a nossa espécie. Como veremos mais tarde, talvez a mais fascinante seja a conquista de uma forma de imortalidade, aquela na qual os nossos pensamentos, gerados por toda uma vida, poderão ser preservados para o deleite das gerações futuras.

Ah, antes que esqueçamos, na sua missão voraz de assimilar todas as ferramentas criadas por nós, o cérebro criou outra forma de ampliar os limites do nosso corpo. Para isso, ele é responsável pela emoção que domina boa parte da nossa vida: o amor. Pois, quando estamos apaixonados, quem comanda o nosso desejo de acariciar e cultuar o objeto da nossa paixão, bem como a vontade de estar sempre do lado do ser amado e a saudade que sentimos quando estamos longe dele, não é o coração, que leva todo o crédito, mas o cérebro, esse senhor absoluto, maestro escultor de todas as nossas emoções e da nossa consciência.

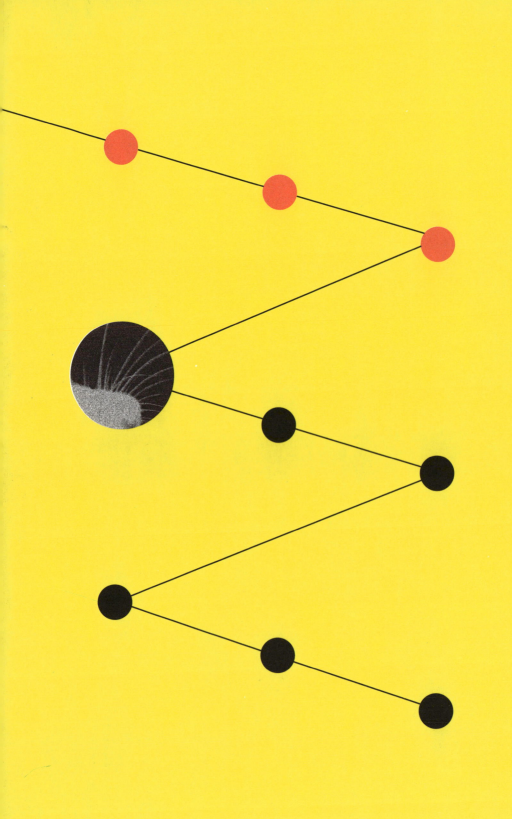

SEMPRE CONFIE NOS SEUS BIGODES

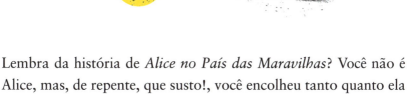

Lembra da história de *Alice no País das Maravilhas*? Você não é Alice, mas, de repente, que susto!, você encolheu tanto quanto ela e, para receber os torrões de açúcar que tanto quer, precisa passar não por uma, mas por várias portas, cuja largura varia à medida que você se aproxima delas.

O corredor onde você está é muito estreito, e a escuridão total o impede de enxergar as portas. Na realidade, você acabou de perceber que, para avançar nesse corredor, tem de caminhar nas quatro patas e usar os bigodes da sua face para avaliar a largura de cada porta e decidir se o seu corpo inteiro pode atravessá-la com segurança. Se você fosse um ser humano, essa tarefa seria impossível – nossos bigodes faciais não são sensíveis o suficiente para nos ajudar a decifrar a largura de uma porta.

Acontece que – calma, tudo é só imaginação – você já descobriu que o seu corpo não só encolheu como você se transformou num rato! E, por ser um rato, a natureza o dotou de uns bigodes supersensíveis, chamados vibrissas faciais, e serão eles que vão ajudá-lo a avaliar a largura de cada porta, a medir corretamente a distância e a decidir se é possível passar por elas.

Confie nos seus bigodes, corra sem medo pelo corredor. Além de mostrar a direção certa, seus bigodes de roedor, ao tocar as paredes do corredor e as extremidades de cada uma das portas abertas, vão permitir que seu cérebro decida, numa fração de segundo, se você pode atravessar cada abertura que aparecer no caminho. E assim, sucessivamente, de porta em porta, suas vibrissas estarão no comando, evitando que você se perca na escuridão ou bata a cabeça nas paredes do corredor – aleluia!

Agora, imagine que você, ainda transformado em rato, está sendo perseguido por um gato: enquanto o gato corre atrás de você, já lambendo os beiços, com a ajuda de seus preciosos bigodes você vislumbra, aliviado, um buraco na parede que tem o tamanho exato do seu corpo e se enfia nele, escapando por um triz das garras do predador. Sorte sua, esse pobre gato jamais vai entender como você se safou tão facilmente.

Mas como um rato consegue saber, no meio dessa correria toda, se o buraco é largo o suficiente para permitir que o seu corpo passe por ele? Tal façanha tátil só é possível porque os ratos usam a ponta das vibrissas faciais – os pelos pontudos e longos que brotam de ambos os lados das suas faces triangulares – para "tocar" a superfície das paredes ou das bordas de cada buraco e estimar a sua largura. Assim, numa fração de segundo, e mesmo durante uma escapada frenética, esse rápido contato tátil permite que o cérebro de um roedor determine quase que instantaneamente se o corpo inteiro do animal pode passar pela abertura ou não. Não pense nem por um momento que toda essa operação é trivial. Se os homens tentassem a mesma façanha utilizando as pontas de seus bigodes ou de suas barbas falhariam completamente – e isso vale também para bigodes de mulheres!

No caso dos seres humanos, as pontas dos dedos é que são usadas para realizar tarefas que necessitam de sensação tátil fina. Isso funciona muito bem porque a pele que cobre a ponta dos dedos nos primatas e seres humanos, bem como aquela que circunda os pelos faciais dos roedores, tem um número enorme de receptores capazes de detectar qualquer tipo de força ou pressão aplicada à superfície do corpo.

Esses receptores têm um nome complicado: mecanorreceptores. Como a figura abaixo mostra, eles nada mais são do que órgãos microscópicos especializados que se localizam nas profundezas da nossa pele. Cada um desses mecanorreceptores – um órgão da pele que sinaliza a presença de um estímulo tátil nela aplicado – é inervado por um ramo muito fino de um nervo periférico. É esse nervinho que permite que informações táteis, derivadas das diferentes pressões mecânicas aplicadas à superfície da pele, sejam transmitidas rapidamente para o nosso cérebro.

Por exemplo, quando usamos a ponta de um dos nossos dedos para apertar uma tecla do computador, a pressão mecânica exercida na pele do dedo ao apertarmos a tecla causa uma deformação temporária da estrutura física dos mecanorreceptores. Quando isso ocorre, uma faísca elétrica, chamada potencial de ação, é gerada no início do nervinho associado a cada mecanorreceptor. Essa faísca elétrica se propaga rapidamente pelo nervinho, alcançando o nervo periférico principal e, daí, a medula espinal, ou espinhal. Da medula espinal, esse sinal elétrico sobe rapidamente em direção ao cérebro, onde a mensagem tátil contida nele será decifrada por milhões de neurônios trabalhando como um time – uau!

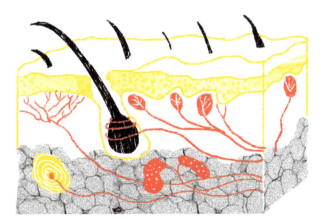

Recapitulando: mensagens táteis, geradas pela deformação da estrutura de mecanorreceptores, são primeiro convertidas em sinais elétricos e transmitidas por nervos periféricos para o sistema nervoso central, onde, depois, serão processadas de várias formas. Os grossos feixes de nervos, conhecidos como vias ascendentes, espalham esses sinais por todo o cérebro e, principalmente, atingem várias regiões do córtex cerebral conhecido como córtex somestésico. Assim, apesar de a gente sentir na ponta dos dedos a textura, a temperatura e a forma dos objetos que exploramos com as nossas mãos, na realidade, todas essas sensações táteis surgem dentro do nosso cérebro. Graças à enorme quantidade de diferentes tipos de mecanorreceptores que existem ao longo de toda a nossa pele, o nosso cérebro constrói uma imagem tátil muito detalhada do mundo que rodeia o nosso corpo de primata.

As vias ascendentes, que transportam sinais elétricos da pele para o cérebro, são contrabalançadas por outras, constituídas por feixes grossos de nervos que trafegam na direção oposta. Essas vias são chamadas de vias descendentes. Elas permitem que o cérebro controle e module, por si só, o fluxo ascendente de informação tátil que ele mesmo irá receber.

São essas vias descendentes que fazem com que memórias táteis de eventos passados, armazenadas pelo cérebro – e que descrevem todos os encontros passados de um roedor em circunstâncias semelhantes –, possam também influenciar na tomada de decisão de um rato perseguido por um gato, ou na exploração tátil de objetos efetuada por seres humanos.

De acordo com essa teoria, tudo que nós vivemos no nosso passado influencia cada decisão presente ou futura da nossa vida!

Além de desvendar o mistério de como ratos escapam de gatos, tais experiências com roedores foram fundamentais para que um laboratório na Universidade Duke desenvolvesse uma técnica revolucionária para estudar como os neurônios que formam um circuito dentro do cérebro trocam mensagens entre si. Para ouvir essa verdadeira "sinfonia dos neurônios", foi criado um método pelo qual centenas de sensores, formados por filamentos metálicos, finos como fios de cabelo e chamados microeletrodos, são implantados no cérebro.

Da mesma forma que os telescópios olham para as estrelas e planetas do Universo, esses microeletrodos registram (ou "escutam") os sinais elétricos produzidos por centenas de neurônios simultaneamente.

Há vinte anos, neurocientistas da Universidade Duke aplicam esse método para ouvir maravilhosas sinfonias neurais, produzidas por diversas partes do cérebro.

Todo esse esforço começou com uma ideia pioneira: registrar, de forma simultânea, duas dúzias de neurônios envolvidos no processamento de informações táteis geradas pelas vibrissas de ratos. Para tanto, cerca de 24 microeletrodos foram implantados no córtex de ratos anestesiados. Essa "neurocirurgia de ratos" era feita de forma muito delicada e lenta para não causar nenhuma lesão no tecido nervoso dos "pacientes". Tal operação levava horas e precisava de uma paciência infinita dos "neurocirurgiões" de roedores.

Depois que os "pacientes" se recuperavam, eles eram trazidos de volta para o laboratório, onde os registros da sinfonia neural seriam feitos. Usando um amplificador de múltiplos canais, construído especialmente para a ocasião, pôde-se filtrar, ampliar e armazenar os diminutos sinais elétricos produzidos pelos neurônios. Isso foi possível porque a ponta exposta de cada microeletrodo implantado no cérebro dos ratos se localizava muito próxima dos neurônios que disparavam suas faíscas elétricas nas vizinhanças.

De certa forma, cada microeletrodo funcionava como um para-raios sendo atingido por uma enorme sequência de descargas elétricas do céu num dia de tempestade. Só que, no caso do experimento,

os raios eram potenciais de ação, e o céu, o universo neural onde bilhões de neurônios habitam.

Com esse avanço tecnológico, finalmente, neurocientistas do mundo todo começaram a se deleitar com o som e a imagem da sinfonia dos neurônios! Para ouvidos pouco treinados, o som produzido por dezenas ou mesmo centenas de neurônios disparando parecia o ruído de pipocas estourando na panela ou o som de uma rádio AM mal sintonizada. Mas, para os neurocientistas extasiados que o ouviram, esse som funcionava como um canto enfeitiçador de sereia.

Alguns anos depois, outros experimentos foram realizados, nos quais múltiplas matrizes de microeletrodos foram implantadas, ao mesmo tempo, em diferentes estruturas do cérebro de um novo grupo de ratos. Agora, já eram 48 neurônios, distribuídos por múltiplas regiões do cérebro, que podiam ser "escutados" simultaneamente.

Foi nessa altura, por volta de 1992, que se iniciou a era do registro da atividade de populações de neurônios em ratos despertos, enquanto cada uma das suas vibrissas faciais era estimulada mecanicamente. Como resultado, em vez de encontrar em neurônios que disparavam faíscas elétricas apenas em resposta à estimulação de um único pelo facial, descobriu-se que cada uma das células cerebrais envolvidas no processamento de informação tátil responde à estimulação mecânica de várias vibrissas! À primeira vista, esse resultado pode parecer muito humilde, mas na realidade ele teve um efeito avassalador, pois, de uma só penada (ou vibrissada), ele punha por terra a teoria dominante da neurociência do final do século XX, a localizacionista, aquela que até o grande Santiago Ramón y Cajal acreditava ser verdadeira!

A razão para tanta algazarra é que, com essa descoberta, ficou claro para todos que estudaram esses achados que o cérebro de mamíferos não funciona baseado no trabalho de neurônios altamente especializados, que realizam apenas uma função de cada vez. Essa teoria, a localizacionista, previa categoricamente que cada neurônio do cérebro dos ratinhos só deveria responder com a produção de faíscas elétricas ao estímulo mecânico de uma única vibrissa da face desses roedores. Como foi o inverso (cada neurônio produzia faíscas elétricas quando diferentes vibrissas eram estimuladas), os resultados indicavam que o cérebro utiliza neurônios multipotentes – capazes de responder a vários estímulos simultaneamente – para deduzir, nesse caso específico, qual é a largura do buraco pelo qual o rato conseguiria escapar de um gato!

Ao desvendar o mistério de como Jerry, o rato, quase sempre escapa de Tom, o gato, os neurocientistas obtiveram a confirmação de que o cérebro funciona quase como uma espécie de democracia neuronal em época de eleição. Nessa democracia, cada neurônio pode votar "eletricamente" na preparação da "tempestade cerebral" final que será usada para produzir um comportamento. Mais ainda, cada um desses neurônios pode "votar", de forma diferente, na confecção de um enorme número de outros comportamentos. Ou seja, tudo que o cérebro faz depende do recrutamento de vastas populações de neurônios, distribuídos por toda a sua extensão.

Esse tipo de operação neural, chamada de distribucionista, explica por que a grande Aurora se transformou numa heroína da neurociência moderna.

Mas essa já é outra história!

VAI COM TUDO, MENINA!

A máquina do tempo ainda vai ficar estacionada por um período na Universidade Duke, nos Estados Unidos, onde vários cientistas realizam experiências fantásticas. Elas chegam até a parecer ficção científica, mas poderão mudar, a médio ou a longo prazo, a vida de milhares ou milhões de pessoas paralisadas por acidentes ou doenças neurológicas, que têm a esperança de um dia recuperar todos os movimentos perdidos.

Preste muita atenção porque uma das colaboradoras mais importantes do projeto está presente. Não ligue se ela não lhe der muita bola, porque, como uma estrela de primeira grandeza, daquelas que enlouquecem os diretores de filmes, é cheia de dengos e manias.

Seu nome é Aurora, e ela é uma senhora de meia-idade. Para falar a verdade, até esse momento não teve muito sucesso: por onde atuou, sempre foi considerada atrevida, mal-humorada, sem inclinação para o trabalho em equipe. Talvez, por isso, o chefe do último laboratório onde trabalhou não se importou muito quando ela decidiu se transferir para um novo emprego.

Justiça seja feita, Aurora, apesar de não ter muita paciência com os colegas e não gostar de ser incomodada, principalmente na hora das refeições, é uma trabalhadora incansável e muito criativa em tudo que faz.

É difícil acreditar que tenha sido dispensada cada vez que tentava se fixar num novo emprego. Mas injustiças acontecem e talvez nessa nova função ela tenha futuro. Pode ser que, como aquelas heroínas de contos de fadas que são deixadas na floresta por bruxas malvadas e esperam anos até serem resgatadas por príncipes encantados, tenha chegado sua vez de receber o reconhecimento que merece e finalmente ser feliz.

Durante meses, apesar de alguns chiliques, Aurora realizou com perfeição cada vez maior a tarefa que lhe foi destinada: para jogar um determinado *video game,* deveria mover um *joystick* com a mão esquerda. Nesse jogo, cada vez que Aurora usava o *joystick* para acertar um alvo que aparecia repentinamente na tela de cristal líquido, ela era premiada com um gole de sua bebida favorita: suco de laranja, que aceitava apenas, exigente como só Aurora podia ser, se fosse brasileiro.

Grande Aurora. Deixando-a em paz com o jogo e com o suco de laranja, ela estava sempre preparada para realizar os experimentos, que, em pouco tempo, haviam se transformado no centro de atenções de todo o laboratório. De vez em quando, garota faceira, Aurora dava umas piscadelas para os outros colegas de profissão, principalmente para um deles, que escolheu como seu favorito. Ele dizia palavras carinhosas ao seu ouvido, o que a fazia arrulhar de felicidade. Mas, sem perder o foco nos seus afazeres, Aurora sabia que aquela era a sua última chance de brilhar, e nada nesse universo a impediria de realizar a façanha para a qual ela se preparara a vida toda.

Toda essa dedicação não impediu que muitos dos seus colegas tivessem ciúme da posição que Aurora, com seu carisma de estrela, passou a ocupar no laboratório. Porque, mesmo sendo de meia-idade, quem sempre teve poder, nunca perde a majestade, não é mesmo?

...

E hoje, depois de meses de trabalho duro, Aurora tentará provar para toda a equipe do laboratório o quanto está preparada. E você testemunhará algo que pode mudar o rumo não apenas da neurociência, mas da vida de milhões de pessoas ao redor do mundo.

Como se fosse realmente uma estrela que vai atuar numa grande peça, os colegas dizem para ela, antes que entre no palco: "Vai com tudo, menina!".

Encorajada, Aurora senta-se numa cadeira alta, com o monitor de cristal líquido à sua frente. Do lado esquerdo do seu corpo, está o *joystick*, que ela deve mover com a mão para jogar o *video game*, como fez durante meses. Essa rotina já é bem conhecida por nossa heroína, e ela está pronta para surpreender a todos.

Hoje, porém, há um objeto, colocado logo adiante, em outra sala do laboratório – é um braço robótico, com a palma da mão aberta, esperando por algo que pode ou não acontecer. A expectativa da equipe é muito grande; Aurora, contudo, está relaxada e pronta para o que der e vier!

Muito à vontade, ao ver no monitor o alvo a ser atingido – um grande círculo branco –, Aurora começa a mover o *joystick* com seu braço biológico. Cada vez que move o *joystick*, ela tenta dirigir um pequeno cursor de computador até o centro do círculo branco o mais rápido possível. Quando consegue realizar a tarefa, Aurora recebe a costumeira recompensa: o amado suco de laranja brasileiro.

Nesse momento, em outra sala, entusiasmados, cientistas ouvem – como se fosse uma tempestade tropical – as faíscas elétricas que brotam do cérebro de Aurora enquanto ela realiza o experimento. Embutidas nessa verdadeira tempestade elétrica estão todas as memórias, os desejos, os amores e os sofrimentos, enfim, a gama inteira de emoções que Aurora acumulou durante a vida. Tudo isso armazenado dentro daquela massa cinzenta de pouco mais de um quilo, que contém a essência de cada um de nós.

É então que você percebe que um dos cientistas começou a remeter todas aquelas faíscas elétricas que brotam do cérebro de nossa estrela para o braço robótico, que passa a se mexer ao mesmo tempo que o braço biológico de Aurora, que continua movendo o *joystick* e recebendo sua recompensa de suco de laranja.

Soa complicado? É que essa proeza de Aurora está sendo realizada pela primeira vez na história! E há mais por vir!

Tudo é tão simultâneo que parece que os braços, o biológico e o robótico, são irmãos gêmeos. De repente, outro cientista usa de mais uma artimanha: sem que Aurora se dê conta, ele tira o *joystick* do lado dela. A princípio curiosa, Aurora olha o monitor à sua frente, sem entender direito o que se passa. Contudo, pelo treino de meses e motivada pela recompensa de seu suco favorito, ela não hesita – continua a jogar e consegue mover o braço robótico, mas agora de uma forma que até então parecia totalmente impossível: **pela força do pensamento! Sem mexer nenhum músculo do corpo!**

Um grito de euforia, emitido nos vários idiomas dos cientistas que compõem a equipe que assessora Aurora, enche o laboratório. E, durante minutos preciosos, Aurora continua o *show*, que merecia um Oscar, se houvesse essa premiação no caso, por sua colaboração tão eficiente num projeto dessa envergadura.

Você está estarrecido com o que presenciou. Um braço robótico sendo controlado diretamente pelos pensamentos de um cérebro. E dentro da sua mente surge a pergunta: "Como Aurora conseguiu essa proeza, que se poderia até chamar de milagre?".

Você espera que os cientistas se acalmem e que Aurora beba quase um mar de suco de laranja, enquanto continua a jogar o *video game*.

Então, faz a pergunta que não quer calar: "Como Aurora, que durante toda a sua vida trabalhou em laboratórios sem se destacar, pulando de emprego em emprego, conseguiu essa proeza?".

Um dos cientistas explica que essa façanha incrível foi possível porque, nesse laboratório, foi criada a primeira interface computacional que permite a ligação direta de um cérebro com um braço robótico. Através dessa interface, a atividade elétrica que o cérebro de Aurora produz para mover o próprio braço pode ser lida, decodificada e transmitida para um braço robótico, de modo que ele execute os mesmos movimentos que o braço da nossa heroína realizaria para obter mais suco de laranja. Para tanto, pequeníssimos sensores leram os sinais elétricos produzidos por cem neurônios do cérebro de Aurora e depois remeteram seus pensamentos ao braço robótico, para proporcionar aquilo que parecia inacreditável até alguns minutos atrás.

Aurora agora só precisava pensar nos movimentos da mão e do braço que teria que realizar; através da interface cérebro-máquina, ela podia fazer com que o braço robótico obedecesse aos seus pensamentos e movesse o cursor em direção ao círculo branco! Tudo isso sem que o seu próprio braço fizesse qualquer movimento.

Foi assim que Aurora aprendeu a ganhar suco de laranja sem ter que mexer nenhum músculo do próprio corpo!

No futuro, com certeza, Aurora será lembrada como uma pioneira da neurociência.

Afinal, não é toda hora que uma MACACA, ainda por cima de meia-idade, se torna uma estrela de primeira grandeza da ciência mundial.

UMA GRANDE VIAGEM MENTAL AO REDOR DO MUNDO

Você está agora na plateia de um circo russo, no início do século XX – Ulalá! Macacos bípedes, treinados para isso, andam em esteiras no picadeiro, causando o maior espanto entre os espectadores.

Mal dá tempo de apreciar o espetáculo: a máquina do tempo dá uma guinada e você logo percebe que retornou ao futuro, rumo ao laboratório da Universidade Duke, o mesmo lugar em que assistiu ao notável desempenho da macaca Aurora mexendo um braço robótico pela força do pensamento.

"O que tem a ver uma coisa com a outra?", você pensa, meio atordoado. Na confusão da sua mente não há nenhuma relação entre os dois lugares.

Mas preste atenção: no laboratório também há uma esteira, movida a motores hidráulicos – para evitar a interferência que eles gerariam se fossem movidos a eletricidade –, com um artefato de plástico resistente para apoiar o torso de seu ocupante e, assim, fazer com que ele caminhe tranquilamente sem perder o equilíbrio.

À sua volta, estão os cientistas de várias partes do mundo que trabalham na universidade; todos seus velhos conhecidos.

Alguém, então, lhe apresenta Idoya, uma prima caçula de Aurora que, durante meses, foi treinada para andar na esteira, para a frente e para trás, em troca de seus quitutes favoritos, no caso, uvas-passas e certo tipo de cereal, daqueles que as pessoas comem no café da manhã.

Repare como ela anda de forma constante e firme, como uma atleta – aliás, se ela pudesse falar, talvez confessasse sua vontade de subir ao pódio após superar sua marca olímpica.

Na realidade, Idoya terá de realizar uma tarefa excepcional; por isso, ela passou por todos esses treinos até dominar a técnica de andar como um ser bípede numa esteira hidráulica. E, por uma coincidência danada, você retornou ao laboratório no dia em que todos estão esperando ansiosamente pela execução dessa tarefa: a grande viagem mental de Idoya ao redor do mundo!

Idoya, a estrela da vez, está tranquila, afinal, depois de semanas de treino, ela não enfrenta qualquer dificuldade na sua tarefa rotineira. Aflitos mesmo estão os cientistas que prepararam – e esperaram – a grande apoteose de sua atleta. Vida de cientista não é fácil, não, meu amigo!

Olhando num dos monitores do laboratório, você agora vê, do outro lado do mundo, na cidade de Kyoto, no Japão, um robô de 1,5 metro de altura e noventa quilos, suspenso no ar. Ele se chama CB1 (Cérebro Computacional 1) e foi construído por Gordon Cheng, um cientista especializado em robôs humanoides – capazes de movimentar pernas e mãos, andar, agachar e até dançar danças típicas japonesas –, a pedido do cientista-chefe da Duke.

Mas o que tem a ver Idoya, a nossa ginasta de oitenta centímetros de altura e pouco mais de cinco quilos, gulosamente alimentada com passas e cereais no laboratório da Carolina do Norte, nos Estados Unidos, com CB1, o robô suspenso no ar em Kyoto, no Japão?

Calma, camarada, não vá com muita sede ao pote que você se engasga. Continue prestando atenção. Lembra como Aurora, a prima de Idoya, conseguiu mover um braço mecânico mesmo quando retiraram o *joystick* que ela usava para jogar um *video game*, só usando a força do pensamento?

Já vi que você pegou a ideia. Os cientistas não estão de brincadeira, nem esse é o *set* de um filme de ficção científica feito em Hollywood! O que eles estão tentando realizar é algo ainda mais complicado: fazer um robô humanoide andar, do outro lado do mundo, sob o comando da mente de uma macaca andarilha.

Não acredita? Então, vamos lá.

Idoya, compenetrada como se estivesse mesmo competindo numa olimpíada, começa a andar na esteira, enquanto contempla, num grande monitor de TV à sua frente, o robô humanoide no Japão, suspenso no ar.

Para facilitar o controle dos movimentos de Idoya, suas pernas e pés foram pintados com tinta fosforescente verde, que será visualizada por câmeras de vídeo espalhadas ao redor da esteira.

De repente, todos os cientistas presentes fazem uma rodinha para discutir o maior problema que enfrentam nesse momento de grande tensão: será que a conexão de internet do laboratório será veloz o

suficiente para transmitir os sinais elétricos – que contêm os pensamentos de Idoya – até o Japão e, ao mesmo tempo, trazer de volta aos Estados Unidos o sinal de vídeo que mostra os movimentos das pernas do robô CB1?

Essa questão é vital porque o objetivo do experimento é fazer com que os pensamentos motores de Idoya – que determinam como suas pernas biológicas devem se mover – possam também ser usados para fazer CB1 andar no Japão, ao mesmo tempo!

Para que isso aconteça, não só os pensamentos de Idoya devem chegar até as pernas de CB1, como a macaca precisa ter certeza de que os seus pensamentos conseguem mover as pernas do robô. Daí ser necessário que Idoya veja, na tela de TV à sua frente, um sinal de vídeo que descreva os movimentos das pernas de CB1 no Japão, ao mesmo tempo em que ela anda na sua esteira da Universidade Duke.

Para salvar a pátria e o coração de todos os envolvidos, o brilhante cientista australiano que criou CB1 conseguiu uma incrível proeza: desenvolver a mais rápida linha de internet jamais compartilhada por um cérebro de primata e um par de pernas de robô!

Agora tudo está pronto. Idoya começa a pôr o cérebro para trabalhar. Numa fração de segundo, as faíscas elétricas que brotam de algumas centenas dos seus neurônios – conectados por sensores previamente implantados neles – são transmitidas para o Japão, fazendo com que o CB1, suspenso no ar, realize o sonho primordial de todo robô humanoide: começar a andar, no caso, sob o controle do cérebro de Idoya, que, na mesma cadência, continua a mexer as pernas do outro lado do mundo. Bingo!

Durante uma hora, os cientistas do laboratório, além de você e da própria Idoya, não conseguem tirar os olhos da tela, onde se vê a imagem do robô se movimentando do outro lado do planeta enquanto Idoya caminha na esteira, num intercâmbio bidirecional entre mente e máquina, entre as cidades de Durham e Kyoto.

Foi quando, lembrando a chegada do primeiro homem à Lua, o cientista-chefe do laboratório não se conteve: "É um pequeno passo para um robô, mas um pulo gigante para nós, primatas!".

Mas o melhor ainda estava por vir...

A um sinal, a esteira é desligada.

Surpresa, Idoya para de andar, mas continua com os olhos fixos na tela à sua frente, onde as imagens não mentem: CB1 continua a andar suspenso no ar, lá do outro lado da Terra!

Por minutos, perante uma plateia muda de emoção, Idoya, a supercampeã, sobe ao pódio, após realizar uma façanha que parecia ficção científica: liberar os desejos de movimentos contidos numa mente de primata dos frágeis limites físicos de seu corpo.

NEM O CÉU É O LIMITE

A máquina do tempo gosta mesmo do passado: agora ela o leva de volta para o dia 19 de outubro de 1901, em Paris. Ah, Paris! Metrópole que respira cultura e ciência por todos os lados. Ah, Paris! Cidade onde se reúnem artistas, cientistas, literatos, de várias nacionalidades.

Entre eles há um brasileiro, de 1,65 metro de altura, magro, vestido sempre impecavelmente, com terno bem passado e chapéu-panamá, que vai ditar a moda na cidade.

Esse brasileiro, desde criança, ao contemplar o céu na fazenda de café do pai – um dos maiores cafeicultores do mundo –, se perguntava: "Por que não podemos também voar como os pássaros?".

Agora Santos Dumont está em Paris e vai tentar realizar o seu sonho. Para sorte dele, o pai distribuiu a imensa fortuna entre os filhos, o aquinhoando com o que hoje seriam vários milhões. Nada mau, não é mesmo? Com isso, ele não precisaria ir atrás de quem bancasse a realização do seu sonho, o que não é pouca coisa para um inventor que nunca frequentou uma escolar regular.

Fique atento, então, pois você terá o privilégio de participar dessa grande aventura.

Faz quatro anos que ele vem desenvolvendo dirigíveis – balões movidos a gás hélio ou hidrogênio que, diferentemente dos balões tradicionais, podem ser controlados. Os balões tradicionais, também movidos por esses gases, eram apenas levados pelo vento. Sem o controle de seu voo, não se sabia quando ou onde aterrissariam. Voava-se ao sabor da natureza.

As primeiras criações revolucionárias de Santos Dumont mudaram dramaticamente a experiência de voar ao acrescentar uma série de novas tecnologias que permitiam ao piloto o controle de voo dos dirigíveis. Além de planejar e construir essas máquinas voadoras, ele foi o primeiro piloto a ter o poder de orientar o voo de uma aeronave.

Santos Dumont educou-se por conta própria e tornou-se um engenheiro autodidata e inventor genial. Graças a demonstrações incríveis e sem rival, ele conseguiu uma autorização especial do Aeroclube de Paris para construir um hangar – o primeiro do mundo –, onde, usando uma parte da imensa fortuna herdada e contando com uma equipe de primeira categoria, desenvolveu vários tipos de dirigíveis.

A baixa estatura e a compleição delicada o ajudavam a se equilibrar dentro dos modelos que criava, cada vez mais sofisticados, leves e precisos. Em vez de usar o formato esférico, como era costumeiro, ele elaborou aparelhos em forma de charuto, revestidos de seda japonesa levíssima, porém resistente; na armação, usava paus de bambu ou de pinheiro.

A estrutura dessas complexas máquinas voadoras era recoberta por cordas de piano, mais resistentes que as comuns e usadas para reforçar as quilhas das aeronaves – o que fazia com que Santos Dumont parecesse, para os parisienses emboscados, uma bruxa montada numa bicicleta voadora cruzando os céus da idade.

As máquinas voadoras de Santos Dumont eram tão precisas e ágeis, que ele chegava ao requinte de estacionar seu dirigível próximo das janelas do seu restaurante favorito, o Maxim's, quando decidia jantar fora. Com esses passeios noturnos, Santos Dumont antecipava – com menos barulho e muito mais delicadeza, diga-se de passagem, o uso de aeronaves como meio de transporte na cidade, como se faz hoje, cem anos depois, com os helicópteros, que pousam no topo de prédios em qualquer metrópole do mundo.

Para aperfeiçoar seus dirigíveis, Santos Dumont não media riscos durante os voos experimentais. Por exemplo, quando um de seus dirigíveis apresentou problemas, ele não teve alternativa a não ser fazer um pouso de emergência, que o levou ficar enganchado numa árvore da propriedade de um famoso barão.

Num acidente mais sério, ao sofrer uma queda repentina, um dos seus dirigíveis se chocou contra um hotel, e Santos Dumont foi salvo da morte certa pelas cordas de piano que faziam parte da estrutura da aeronave. Depois do choque, os destroços ficaram presos numa das chaminés do hotel, e Santos Dumont se manteve suspenso por inúmeras cordas de piano que resistiram ao desastre, esperando pacientemente pelo corpo de bombeiros de Paris, que o resgatou sob os aplausos da multidão aglomerada nas cercanias.

Outra vez ainda, durante um voo-teste na costa do Principado de Mônaco, Santos Dumont quase morreu afogado quando seu dirigível caiu no mar.

A grande oportunidade do inventor surge quando um magnata do petróleo francês oferece um prêmio de 100 mil francos para a primeira aeronave que, decolando do aeroclube de Saint Cloud, sem tocar o solo e por seus próprios meios, consiga circular a Torre Eiffel e retornar ao ponto de partida em, no máximo, trinta minutos.

Santos Dumont exulta, vendo a oportunidade de demonstrar ao mundo o potencial da sua obra-prima, o *Brasil 6*, que, como os demais dirigíveis de sua criação, foi elaborado em formato de charuto.

Como fora determinado pelo aeroclube, em 19 de outubro de 1901, Santos Dumont parte do campo do Bois de Boulogne em direção ao seu destino. Por onde ele e seu dirigível passam, uma multidão os saúda com grande euforia. Milhares de parisienses agora correm até a torre Eiffel. O entusiasmo da multidão é tanto, que até os músicos que tocam no desfile em homenagem ao rei da Grécia, que está visitando Paris, deixam os instrumentos e a comitiva real e se juntam aos demais parisienses na expectativa que toma conta de todos, de que algo histórico está por acontecer.

Como um pássaro parisiense, o dirigível *Brasil 6* circunda a Torre Eiffel em pouco mais de oito minutos, para delírio da multidão, e começa a retornar ao bosque de onde partira.

Entre os que aplaudem e gritam de alegria, está a princesa Isabel – sim, a que assinou a Lei Áurea que libertou os escravos no Brasil em 1888, e que, de tão emocionada, cai de joelhos, em agradecimento ao sucesso de seu patrício.

De boca aberta e com a respiração suspensa, você se belisca sem acreditar que está ao lado da princesa Isabel, que reconheceu pela foto nos livros de história do Brasil. Se ao menos você pudesse dizer o quanto considera o seu gesto admirável – mas a multidão o arrasta porque Santos Dumont já retorna, dentro do prazo estipulado, ao campo de onde partiu e é saudado por uma chuva de flores e chapéus atirados para o alto.

De dentro do dirigível, ele pergunta: "Ganhei o prêmio? Ganhei o prêmio?", e a multidão grita em uníssono, tomada quase por um transe: "Sim, sim, sim".

    Apesar de alguns entraves no regulamento, ele finalmente recebe os 100 mil francos do Prêmio Deutsch, até hoje a maior conquista da ciência brasileira. No ato, ele doa metade do dinheiro para os pobres de Paris; 30% para seus mecânicos; 20% para um famoso intelectual que já foi o seu maior incentivador; e, para ele, nada. Santos Dumont jamais pensou em ganhar dinheiro com suas façanhas nem em registrar a patente dos seus inventos. Tudo o que criou e fez era para o proveito da humanidade e para a realização de seu sonho de criança: voar como os pássaros.

    Graças ao desenvolvimento do telégrafo internacional e da telefonia, o mundo todo logo fica sabendo do incrível feito do brasileiro. Por onde passa, ele é saudado como um herói: o primeiro ser humano capaz de tirar do chão e conduzir pelo ar um mecanismo construído com suas mãos (e, no caso do invento de Santos Dumont, dirigido com mãos e pés).

    A máquina do tempo dá um salto e você agora está no ano de 1903, em uma praia na Carolina do Norte, Estados Unidos. Num piscar de olhos, você acaba de se transformar no único espectador do momento em que, do alto de uma duna, os irmãos Orville e Wilbur Wright decolam em uma aeronave mais pesada que o ar. Impulsionados por uma catapulta, eles voam por alguns instantes no primeiro avião inventado pelo homem.

    Nesse instante, eles fazem história. Na escola, talvez você já tenha ouvido um professor dizer que Santos Dumont optou por um aparelho mais leve, um dirigível, porque esse era o costume dos aeronautas da época, entre eles o conde alemão Ferdinand von Zeppelin, que alçou voo em seu balão, mas não conseguiu controlá-lo, tendo que se contentar em voar ao sabor dos ventos.

Fique tranquilo, então. Nada tira o pioneirismo de Santos Dumont: sem nenhuma dúvida, ele foi o primeiro aeronauta da história a tirar do chão, sob seu controle, um dirigível, saindo de um lugar determinado e retornando ao ponto de partida. Em outras palavras, ele inventou o voo controlado, permitindo que uma grande variedade de máquinas voadoras fosse criada. Assim, o avião dos irmãos Wright pode ser considerado um caso especial da indústria aeronáutica gerada pelo cérebro genial de Santos Dumont.

Infelizmente, para a alma sensível de Santos Dumont, o emprego de aviões em conflitos bélicos – na Primeira Guerra Mundial e também pelo governo brasileiro, para combater a Revolução de 1932, em São Paulo –, o que causou a destruição de muitas vidas e não o bem da humanidade, como ele queria, foi um golpe forte demais. Já fragilizado por uma terrível depressão e por uma doença neurológica, ele decide que não vale mais a pena viver e se suicida num hotel do Guarujá, no litoral de São Paulo.

Você deve estar se perguntando: "Mas o que Santos Dumont e suas máquinas voadoras têm a ver com a neurociência?".

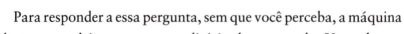

Para responder a essa pergunta, sem que você perceba, a máquina do tempo o deixa agora no auditório da sua escola. Um colega a seu lado comenta: "Credo, parece que você viu um fantasma!".

Se contasse a ele que, ultimamente, você tem viajado numa máquina do tempo, ele diria que você viajou foi na maionese; então é melhor manter o silêncio e esperar mais alguns segundos para descobrir o que vai acontecer.

Lá na frente, sentado à mesa do professor, está um neurocientista convidado para explicar as últimas descobertas e teorias sobre o funcionamento do cérebro humano. Preste atenção que você logo terá a resposta à sua pergunta sobre a relação entre Santos Dumont e a neurociência.

Enquanto o neurocientista fala, você nem precisa da máquina do tempo para imaginar a história que ele conta: milhões de anos atrás, os primeiros hominídeos começaram a criar ferramentas; primeiro, de lascas de pedras e, mais tarde, usando como matéria-prima ossos dos animais que caçavam.

O cérebro desses hominídeos ainda era muito menor que o dos *Homo sapiens*, quer dizer, nós. Mas, quando deixaram de comer apenas tubérculos e passaram a comer carne e outros alimentos cozidos, o cérebro deles começou a evoluir rapidamente, graças ao aumento de energia e proteínas provenientes dessa nova dieta. Quem mais se beneficiou desse crescimento cerebral foram os lobos frontais e parietais do córtex, aquela parte mais superficial do sistema nervoso que fica alojada logo abaixo do crânio.

Esse crescimento desproporcional do córtex frontal e parietal – e da conectividade dessas duas regiões – através dos milênios permitiu que o ser humano aprendesse a falar, criasse ferramentas, usasse as mãos com mais destreza, desenvolvesse a agricultura, domesticasse animais e criasse todo tipo de tecnologia e arte, desde as pirâmides do Egito até o *laptop* em que este livro está sendo escrito. Foi a expansão desse circuito frontoparietal cortical que permitiu que o homem criasse a ciência e, armado do método científico, desenvolvesse remédios, vacinas, aparelhos eletrônicos de todo tipo e até uma aeronave que o levou à Lua, onde astronautas americanos pousaram pela primeira vez, curiosamente, no dia do aniversário de Santos Dumont. Inclusive, uma das crateras da Lua foi batizada por cientistas da Nasa com o nome do nosso herói.

Mas uma coisa impressionante ocorreu durante esse processo de evolução do cérebro humano. À medida que isso acontecia, o cérebro ia incorporando, como um grande arquiteto ou administrador, tudo o que ele mesmo construía, através das gerações, como se dissesse: "Fui eu que fiz, isso tudo me pertence".

Então, de acordo com as teorias mais modernas da neurociência, acredita-se que, assim como é capaz de reter a sensação de um membro amputado, o cérebro também tem o poder de assimilar todos os objetos e ferramentas usados no dia a dia, como óculos, relógios, roupas, bijuterias ou joias, lentes de contato, e mesmo próteses externas ou internas, como olhos de vidro e marca-passos cardíacos, como se fossem simples extensões do nosso corpo.

Essas teorias preveem que, se alguém é um virtuose em música ou um grande esportista, também assimilará, como parte de si, o instrumento musical que toca, a bola com a qual faz um gol, a raquete com a qual joga tênis, ou mesmo o carro de Fórmula 1 com o qual disputa o Grande Prêmio de Mônaco! Todos esses artistas e atletas passam a sentir que as ferramentas usadas no seu cotidiano se transformaram num pedaço de si mesmos. Assim, eles nem precisam olhar para o que tocam, jogam, arremessam ou dirigem porque, antes mesmo de mover esses artefatos, o cérebro deles já iniciou previamente o comando dessas ações como se essas ferramentas fossem parte do corpo biológico.

Ao planejar seus dirigíveis e, mais tarde, seus aviões, Santos Dumont aproveitou-se, intuitivamente, dessa noção para criar controles de navegação que eram acionados pela conexão direta de diferentes partes do corpo, ou da sua veste de piloto, com a estrutura da aeronave. Esse arranjo possibilitou a ele que se unisse literalmente às suas máquinas voadoras e usufruísse, pela primeira vez na história da humanidade, da sensação de ter o próprio corpo voando, livremente, pelos céus.

Provavelmente, Santos Dumont jamais imaginou que, cem anos depois de suas aventuras espetaculares, neurocientistas usariam suas proezas como mais uma demonstração do poder do cérebro humano em incorporar ferramentas como extensões do nosso próprio corpo.

Com essa nova teoria, é possível imaginar também que mesmo as pessoas que amamos se transformam, graças à voracidade do nosso cérebro de primata, em verdadeiras extensões de cada um de nós. Quando alguém se apaixona, os neurônios de certas regiões do cérebro – como corredores de uma olimpíada – disparam ativamente, produzindo a liberação de várias substâncias químicas, como a dopamina e um hormônio chamado oxitocina. Esse coquetel químico faz com que, enquanto vivenciam esse sentimento, os casais se sintam embriagados de prazer ao desfrutar da companhia um do outro, ou que as mães não queiram se separar de seus rebentos.

O neurocientista, entusiasmado, continua a expor suas ideias, e você fica maravilhado com o que ouve. Dentro da evolução natural do nosso cérebro e da sua relação direta com máquinas, chegará o dia em que os netos de nossos netos, em vez de ficarem o tempo todo manipulando seus brinquedos eletrônicos, terão o privilégio de, sem sair do próprio quarto eternamente bagunçado, sentir como realmente é a areia de um planeta longínquo, onde, centenas de anos antes, foi deixada alguma sonda espacial não tripulada.

Apenas pelo pensamento, sem mexer nenhum músculo.

Nesse momento de revelação, o nosso descendente – mesmo sem conhecer o passado –, quem sabe, experimentará a mesma emoção que Santos Dumont sentiu ao libertar a espécie humana de sua prisão terrestre, para que ela pudesse, finalmente, iniciar a tão esperada jornada de retorno rumo às profundezas de estrelas longínquas, onde toda a nossa epopeia começou.

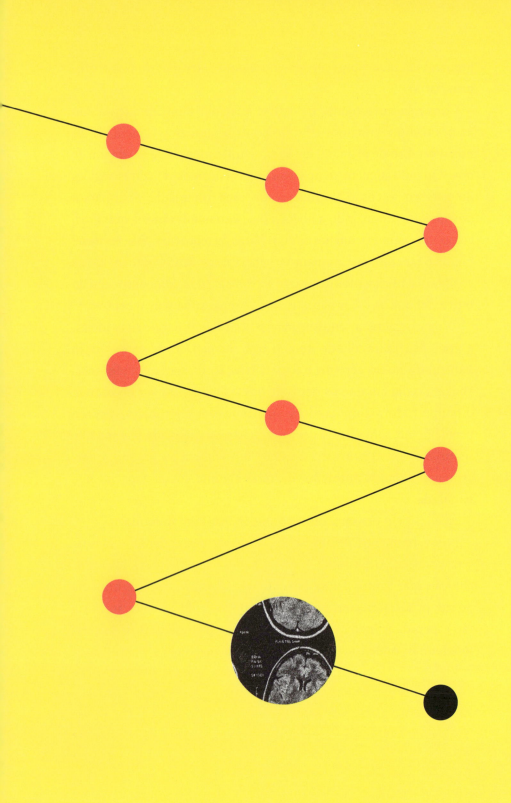

HAJA CORAÇÃO!

A máquina do tempo enlouqueceu de vez: sem nenhum aviso-prévio, você está encarapitado na cerca que rodeia uma grande arena de touros. A seu lado, muito tranquilo, um homem, que não pode vê-lo, observa a cena.

No centro da arena, um soberbo touro – daqueles criados especialmente para ter os homens como inimigos, haja vista o que acontece com esses animais naqueles espetáculos sangrentos – resfolega, enquanto escava a areia com seus cascos, pronto para atacar.

Alguns metros à frente do touro há um homem vestido com roupa comum, nem vestígio daqueles trajes suntuosos de toureiro. Impávido, ele segura uma capa vermelha, com a qual acena para o touro, sem nenhum juízo, instigando-o para deixá-lo ainda mais furioso.

"Ficou louco, cara?!", você grita, enquanto o sujeito a seu lado nem esboça reação. Ele não o vê e também não o escuta, lembra? Ou, talvez, ele simplesmente já tenha se acostumado com esse espetáculo incomum.

O homem, insolente, continua a agitar a capa vermelha, enquanto o touro, cada vez mais enraivecido, sapateia sobre o chão da arena. Até que, num impulso selvagem, ele arremete, os chifres enormes e pontudos dirigidos para o corpo do incauto, que continua a provocá-lo.

Você quer gritar, mas perde a voz. Quer fechar os olhos, mas não consegue. Algo mais forte que você o impele a ver o desfecho da cena inacreditável: o touro desembestado aproximando-se do homem! Cada vez mais perto! Mais perto!

Agora já não existe a mínima distância entre o algoz e a vítima. Nenhuma esperança de que o homem da capa escapará. Mas... espere. Olhe de novo. Quando tudo parecia perdido, repentinamente, o touro freia sua corrida mortal, levantando uma poeira danada. Estacado, ele murcha, abaixa a cabeça e, depois de alguns segundos de total paralisia e estupefação, volta os chifres e a cabeça na direção de onde viera e lentamente começa seu retorno ao ponto de partida. O touro vai embora consternado, e o homem acena com a mão para a fera agora submissa.

A princípio você não acredita no que aconteceu. O que fez esse touro frear a sua corrida no último minuto e desistir de um ataque mortal?

É então que você percebe que o homem segura uma pequena máquina com uma longa antena, parecida com um rádio. Muito observador, você nota ainda que ele está apertando um dos botões do equipamento enquanto sorri satisfeito.

"Mas como ele fez isso?", você se pergunta, abismado.

O homem sai da arena, e você o segue. Ele está conversando com o outro personagem da cena, o homem que estava a seu lado sentado na cerca. Ao ouvir a conversa deles, descobre que o inusitado toureiro é o neurofisiologista espanhol José Delgado, o outro homem, seu assistente, e que vocês estão no rancho de Delgado em Córdoba, na Espanha. O que você acabou de presenciar foi um dos experimentos mais espetaculares da neurociência da década de 1960. Através da estimulação elétrica de regiões localizadas nas profundezas do cérebro do touro, o professor José Delgado conseguiu induzir um estado de paralisia motora completa no animal. Aquele rádio estranho que ele segurava foi usado para ativar um *estimulador elétrico* que ele havia implantado previamente no cérebro do animal. Esse estimulador, quando acionado pelas ondas invisíveis emitidas pelo rádio do cientista, liberava uma corrente elétrica muito pequena, que afetava os neurônios do sistema motor do touro.

Sem que nem tenha tido tempo para digerir o que acabou de ver, num vapt-vupt você é teletransportado ao final do século XX, ao Texas, nos Estados Unidos, onde um grupo de neurocientistas está prestes a realizar outro tipo de demonstração. Depois do que acabou de testemunhar, você só espera que a nova façanha não faça seu coração acelerar de emoção, melhor dizendo, de pavor: já imaginou se o tal touro arremetesse contra a cerca onde você estava? Ainda bem que sua roupa não é vermelha.

Dessa vez, as coisas parecem mais calmas. Você está numa cidade texana, numa pista de teste de robôs especialmente construída para experimentar novas máquinas. A seu lado, um neurocientista, John Chapin, que acabou de chegar da Filadélfia, outra cidade americana, traz consigo uma gaiola dessas de transportar animais. Todos caem na risada porque esperam a demonstração de um novo robô denominado robo-rat, que, evidentemente, não precisaria dessa gaiola.

Mas todos param de rir quando Chapin tira o robô que criou da gaiola: acontece que ele não é um robô, mas um rato de verdade, não daqueles que vagueiam pelos subterrâneos da Filadélfia, mas um orgulhoso membro da linhagem Long-Evans, de corpo branco e cabeça preta, tratado com as maiores mordomias.

Como você já está se acostumando a identificar as peculiaridades de cada experimento que a máquina do tempo lhe permite observar, rapidamente percebe que o robo-rat traz nas costas um tipo de mochila, como se fosse acampar.

Chapin coloca delicadamente o robo-rat na entrada da pista de testes, um percurso acidentado de quase um quilômetro, cheio de obstáculos extremamente difíceis para um robô transpor por conta própria. Na realidade, até então nenhum robô criado pelos maiores roboticistas do mundo conseguiu transpor todos os obstáculos e completar ileso esse percurso – o mais famoso e onde são testados os robôs de última geração fabricados nos Estados Unidos. Sem se preocupar com esse tabu histórico, Chapin abre um *laptop* e dá início à demonstração. Depois de muitos anos de trabalho árduo, seu objetivo é fazer com que o robo-rat seja o primeiro híbrido animal-máquina a vencer todos os obstáculos do percurso texano.

John Chapin criou o seu robo-rat usando e aperfeiçoando alguns dos princípios descobertos por José Delgado na sua arena de touros espanhola. Para ajudar o animal a saber que direção deve tomar para evitar os obstáculos, Chapin implantou um estimulador elétrico em cada um dos hemisférios cerebrais do seu rato campeão.

Assim, usando o seu *laptop* para se comunicar com o robo-rat, Chapin podia mandar um minúsculo estímulo elétrico para o córtex esquerdo, quando ele tinha que virar rapidamente para a esquerda a fim de evitar colisão com uma parede de concreto. Por sua vez, um estímulo elétrico remetido ao córtex direito instruía

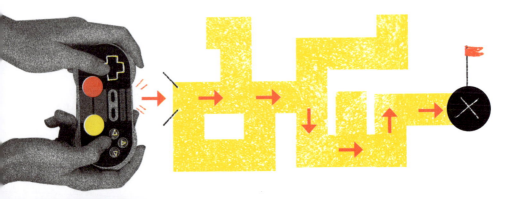

o robo-rat a virar para a direita. Dessa forma, usando o *laptop* e uma conexão sem fio (*wireless*) com o robo-rat, Chapin podia guiar seu pupilo pelo labirinto de obstáculos criados para impedir seu progresso rumo à linha de chegada.

Para recompensar o robo-rat cada vez que obedecesse às instruções corretamente, Chapin emitia outro sinal elétrico, que estimulava diretamente um circuito de neurônios escondido nas profundezas do cérebro do seu pupilo roedor, responsável pela geração de sensações extremamente prazerosas.

Não há rato que resista à tentação de se transformar no herói do dia! Seguindo os comandos do maestro Chapin e desfrutando a cada instante da recompensa por seus feitos inéditos, o robo-rat assombra todos os cientistas céticos que duvidaram de suas habilidades e completa o circuito de teste intacto e cheio de fôlego. Nesse instante histórico, ele e seu criador se transformaram na primeira dupla criador-criatura a vencer o trajeto que jamais havia sido percorrido por nenhum robô – nem mesmo um híbrido como robo-rat – antes inventado.

O feito inédito de robo-rat foi extremamente importante para demonstrar de uma vez por todas que a técnica de estimulação elétrica do cérebro poderia ser usada em uma nova geração de interfaces.

Em homenagem ao neurofisiologista José Delgado, essa nova invenção foi denominada interface cérebro-máquina-cérebro (ICMC).

Foi por causa da invenção dessas ICMCs que, em 2011, dois macacos Rhesus, primos da pioneira Aurora, conseguiram usar a atividade elétrica do cérebro não só para controlar, pelo pensamento, os movimentos de um braço virtual (ou, se você preferir, um avatar de braço) criado por um programa de computação, como também para "sentir" a textura dos objetos virtuais que esses avatares exploram.

Parece confuso, mas não é, não. Graças à sua já conhecida companheira, a velha máquina do tempo, você vai para mais uma visita ao laboratório da Universidade Duke, nos Estados Unidos, para assistir à primeira demonstração de uma ICMC em operação!

Do seu ponto de vista privilegiado, você agora observa Mango, um macaco muito esperto, comandar, só pensando, os movimentos de um braço virtual que aparece na tela do computador à sua frente. Como suas primas, Aurora e Idoya, Mango não precisa mover nenhuma parte do próprio corpo para fazer o braço virtual – que se parece muito com um dos seus braços reais – explorar cada um dos três objetos circulares virtuais que também aparecem na tela. Visualmente, esses três objetos são idênticos: três esferas cinzentas. Todavia, a superfície de cada um tem uma textura diferente, que só poderá ser identificada quando a mão virtual tocá-los.

Você agora vê, abismado, o esforço que Mango faz ao conduzir a mão virtual para tocar cada objeto. No exato momento em que a mão virtual faz contato com a superfície de um objeto, um sinal elétrico descrevendo sua textura é transmitido, na velocidade da luz, para o córtex tátil de Mango, como John Chapin fez com o robo-rat.

Depois de muito treinamento, Mango aprendeu a associar a textura da superfície de cada objeto virtual com o tipo de estímulo elétrico que é transmitido diretamente a milhares de neurônios do seu cérebro de primata. Para receber a sua tão desejada recompensa, uma gota de suco de laranja, Mango deve selecionar, dos três objetos, o que tem a superfície mais lisa. Mas, como visualmente eles são idênticos, para ganhar o suco, Mango não pode confiar em seus olhos; ele deve somente confiar no seu novo "sexto sentido": o sentido do tato artificial que foi criado graças à ICMC!

E, como herói de mais um épico científico, Mango não desaponta sua longa linhagem de grandes primatas exploradores das fronteiras da neurociência. Comportando-se com a autoconfiança e a precisão de um virtuose em dia de concerto, Mango simplesmente liberta tanto o desejo motor como a avidez tátil do seu cérebro dos limites físicos impostos por seu frágil corpo de primata, estabelecendo o primeiro diálogo bidirecional mente-máquina da história.

Nesse instante, você pensa que a máquina do tempo poderia transportá-lo para um dia no futuro, em que você pudesse assistir ao momento que um ser humano – aproveitando-se dessa quase magia – experimentará, emergindo das profundezas da sua mente, toda a plenitude e o prazer indescritível de sentir a carícia dos seres amados que ficaram num passado distante.

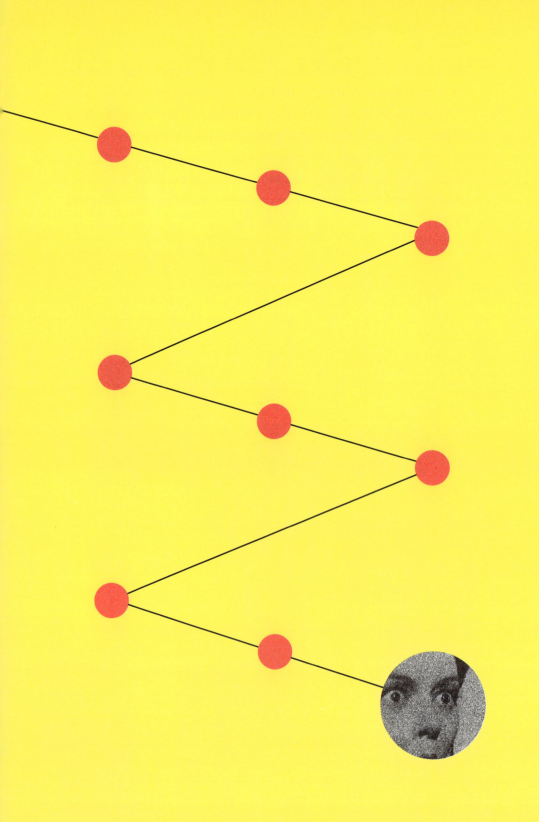

ADIVINHE O QUE VEM POR AÍ...

A máquina do tempo adivinhou seus desejos e agora o transporta para um futuro quase inimaginável. Prepare seu coração, porque o que você verá não é ficção científica. As interfaces cérebro-máquina (ICMs) se transformaram em uma tecnologia corriqueira, com muitas aplicações práticas, tanto na medicina como no dia a dia das pessoas. Na Medicina, as ICMs permitiram a restauração de comportamentos fundamentais da natureza humana em pessoas que sucumbiram a sequelas de doenças neurológicas devastadoras, que as impediam de ver, tocar, falar e andar por si mesmas.

Lembra-se do dr. Gordon Cheng, o fantástico construtor do robô humanoide CB1, que Idoya, a macaca da Universidade Duke, na Carolina do Norte, conseguiu movimentar só pelo pensamento, lá no outro lado do mundo, no Japão?

Pois foi justamente ele que, trabalhando em Munique, na Alemanha, construiu um exoesqueleto – uma veste robótica semelhante à casca de um besouro, mas bem leve. Ao vestir o exoesqueleto, as pessoas que sofriam de grave paralisia corpórea voltaram a sustentar o próprio corpo em pé e conseguiram, com o auxílio de uma ICM, movimentar-se como faziam anteriormente.

Só pela força do pensamento!

Essa façanha foi planejada por um consórcio científico internacional chamado The Walk Again Project [Projeto Andar Novamente]. Para isso, um grupo de cientistas brasileiros, americanos e europeus desenvolveu uma ICM que permitiu às pessoas usarem a própria atividade elétrica cerebral para controlar os movimentos do exoesqueleto.

Assim, para a pessoa movimentar o próprio corpo, ela só precisava imaginar o movimento na sua mente. Através de pequenos implantes – distribuídos por inúmeras partes do cérebro –, a atividade elétrica de algumas dezenas de milhares de neurônios, que participam da geração do pensamento motor, foi registrada, decodificada e transformada em sinais digitais. Isso permitiu que os comandos motores contidos nesses sinais cerebrais pudessem ser transformados em instruções para movimentar o exoesqueleto de acordo com o pensamento dos pacientes.

Para realizar essa operação de conversão de pensamentos em comandos motores digitais, o exoesqueleto foi equipado com um pequeno aparelho, como um telefone celular. Essa unidade de processamento analisava continuamente os impulsos elétricos transmitidos pelos eletrodos implantados no cérebro do paciente para o exoesqueleto. Ela também foi responsável pelo fluxo de sinais táteis que é gerado em sensores espalhados por todo o exoesqueleto e retransmitido para o cérebro do paciente. Ao mediar esse diálogo recíproco entre o cérebro e o exoesqueleto, essa unidade de processamento desempenhou um papel vital no processo de aprendizado que cada paciente teve de passar para voltar a movimentar braços e pernas normalmente, até o momento em que seu cérebro incorporasse o exoesqueleto como uma extensão natural do próprio corpo.

Tudo isso que agora se torna realidade só é possível graças aos experimentos realizados por Aurora, Idoya, Mango e outros exploradores primatas do começo do século XXI.

Aliás, levando em consideração o tempo que esses macacos pioneiros levaram para aprender as técnicas de movimentar tanto braços mecânicos quanto um robô humanoide, estimou-se que o cérebro humano fosse capaz de realizar a assimilação de um exoesqueleto muito mais rapidamente.

Durante sua viagem para o futuro, você também observou um paciente entrar num aposento, conhecido como simulador virtual, para praticar o controle mental dos movimentos de um avatar de corpo inteiro, criado por um programa de computador e projetado numa tela enorme colocada à frente do paciente. Esse tipo de exercício mental, realizado meses antes de o paciente receber qualquer implante cerebral, tornou-se possível graças à utilização de uma nova tecnologia não invasiva que permite ler os sinais elétricos produzidos pelo cérebro, através de milhares de sensores colocados na superfície interna de um capacete utilizado pelo paciente.

Usando essa tecnologia, o paciente consegue treinar o tipo de operação que será executada quando ele puder comandar seu novo corpo – aquele formado por seu corpo biológico revestido por um exoesqueleto – apenas através do pensamento.

Para sua surpresa, o paciente, que está sentado numa cadeira especial, usando um capacete feito de material transparente, começa a controlar os movimentos do seu avatar computacional. De repente, cheio de emoção e alegria, ele consegue fazer seu avatar andar, correr e mesmo saltar sobre obstáculos que aparecem ao longo do caminho de um mundo virtual, percorrido e explorado apenas com o pensamento.

Depois de algumas semanas desse treinamento, os pacientes se sentirão mais à vontade com a interação híbrida entre os sinais cerebrais e os robóticos, que lhe permitirá operar seu próprio exoesqueleto. Depois de alguns meses de prática diária, os pacientes poderão exercer um controle voluntário do seu ciclo de marcha, controlando a velocidade de seus passos e a postura de seu corpo.

Ao atingir esse grau de proficiência, eles agora estarão aptos a explorar livremente qualquer tipo de terreno, real ou virtual, por onde pés humanos cheios de curiosidade e espírito aventureiro desejem passear.

Ainda no campo da Medicina, dando sequência a experiências alentadoras em animais, uma nova versão de ICM foi produzida e agora será implantada na medula espinhal de pacientes que sofrem de uma doença terrível, o mal de Parkinson. Pacientes afetados por essa doença progressivamente apresentam tremores generalizados e grande dificuldade de iniciar seus movimentos. O implante de um microprocessador na medula espinhal permite gerar um fluxo contínuo de impulsos elétricos que se espalha por todo o cérebro de pacientes parkinsonianos. Esse procedimento simples, pouco invasivo e barato, transformou-se numa nova terapia para esses pacientes, eliminando boa parte dos seus sintomas e lhes devolvendo a capacidade de se mover livremente.

Se contarmos só os que sofrem de um severo grau de paralisia corpórea e do mal de Parkinson, já são alguns milhões de pessoas, mundo afora, que se beneficiarão das ICMs. Mas restam ainda aqueles que não podem enxergar, ouvir, falar, ou sentir a brisa do mar roçando no rosto. Para esses outros muitos milhões, diversos tipos de ICMs passam a fazer parte do arsenal com o qual a Medicina tenta reduzir o sofrimento humano.

Mesmo na psiquiatria, uma vez que as bases neurofisiológicas de um grande número de distúrbios, como transtorno obsessivo-compulsivo, distúrbio bipolar, esquizofrenia e depressão crônica foram estabelecidas, uma nova classe de ICMs foi criada especialmente para aliviar os sintomas produzidos por essas síndromes.

Nesse seu passeio pelo futuro, você também presencia a revolução das ICMs na ciência da computação, ao criarem uma nova forma para a nossa interação com *laptops*, *tablets* e telefones. Nesse futuro mais distante – graças a uma nova classe de ICMs que não necessitam de implantes invasivos para ler nossos pensamentos –, não haverá mais necessidade de teclados, monitores ou leitores de voz intermediando nossa comunicação geral.

Nossos pensamentos serão o motor propulsor de uma nova geração de computadores que nos colocarão em contato com um novo tipo de ciberespaço: a "brainet", uma verdadeira teia de pensamentos, gerada por bilhões de mentes conectadas umas às outras; pioneiros de uma aventura incomparável de união entre todos os seres humanos, integrados independentemente de etnia, cultura, sistemas políticos ou crenças religiosas, numa fusão coletiva de sentimentos e compaixão em prol de um mundo mais feliz e justo.

Acredite se quiser, meu querido leitor, companheiro viajante desta aventura futurística, nem mesmo a "brainet" será o final desta nossa história. Imagine, se puder, só por um minuto, utilizar micro ou nanoferramentas para explorar – através da força do pensamento – mundos feitos de pequenas massas de átomos ou bolas de células, aos quais jamais teríamos acesso por meio de nossos olhos ou de nossas mãos. Nesses mundos e ambientes, onde o corpo humano jamais penetrará, o pensamento será o nosso emissário, nosso único embaixador.

Será nesse futuro longínquo, também, que a nossa espécie provavelmente adquirirá os meios para retornar, em grande escala, para o aconchego das profundezas da sua verdadeira origem: o espaço sideral. Naves espaciais com avatares virtuais de cada um de nós – ou simplesmente transmissões dos nossos pensamentos na velocidade da luz – serão enviadas a planetas e galáxias distantes, numa viagem épica de reencontro com a poeira estelar que, bilhões de anos atrás, iniciou o processo de concepção da mente humana, e de todas as outras possíveis formas de vida inteligente que passam boa parte de suas breves existências tentando desvendar a epopeia da sua própria criação.

E, quem sabe, um desses nossos avatares movidos a pensamento, numa de suas infinitas andanças pelos Cosmos, possa se defrontar com alguma civilização alienígena, a quem, cheio de coragem e emoção, ele relate toda a sua incrível jornada.

Nesse dia, então, nosso embaixador poderá revelar que aquilo que o trouxe à presença de plateia tão singular – vindo de um longínquo planeta azul, perdido no cantinho de uma modesta galáxia – nada mais foi do que o produto **do maior de todos os mistérios!**

SOBRE O AUTOR

MIGUEL NICOLELIS

Nasci em São Paulo e me criei no bairro hoje chamado Moema. Sem carros nem ônibus, eu era um piloto de Fórmula 1 na minha *bike*.

Fiz o primeiro grau na Escola Estadual Napoleão de Carvalho Freire. Com a intenção de estudar Medicina, ingressei no Colégio Bandeirantes para fazer o segundo grau. O diretor do colégio perguntou à minha mãe de onde vinha um aluno tão bom; ele ficou surpreso ao saber que eu estudara em escola pública.

Sempre fui um leitor compulsivo, minha casa tinha um acervo fabuloso de livros e nunca ninguém me censurou nada.

Adorava futebol (até hoje sou um palmeirense apaixonado) e chegava todo sujo das peladas – esperto, tomava banho na casa de uma das avós (éramos vizinhos, morávamos todos numa vila, que existe até hoje, inaugurada pelo meu avô paterno) e chegava todo limpo em casa para não levar bronca.

Cursei Medicina na USP, onde também me doutorei. Depois fui a convite para os Estados Unidos, em 1989, onde vivo até hoje, na Carolina do Norte, e dirijo o laboratório de Neuroengenharia.

Minha mãe me contava histórias para eu dormir.

Escrever este livro com ela é um privilégio.

Companheiros de vida e agora na literatura.

SOBRE A AUTORA

GISELDA LAPORTA NICOLELIS

Quando meu pai perguntou o que eu queria ser quando crescesse, eu respondi sem titubear: escritora.

Ele então disse: Você precisa ler muito. Foi o que fiz a vida toda.

Quando saía com ele, eu rodopiava, ficava olhando para trás e para os lados.

Ele me corrigia: menina bem-educada só olha para a frente.

Eu respondia: mas pai, as coisas acontecem de lado e para trás.

Já era a curiosidade de escritora. Até hoje, converso com todo tipo de pessoas e recolho histórias fabulosas. Também me ajudou o fato de ser formada em jornalismo pela Faculdade de Comunicação Social Cásper Líbero – cada livro é precedido por uma grande pesquisa, incluindo até entrevistas com especialistas no assunto que pretendo abordar.

No caso deste livro – *O maior de todos os mistérios* – tive o grande prazer de contar com o grande conhecedor do cérebro humano, meu filho, Miguel.

Fomos parceiros na vida, agora também somos na literatura.

Quer coisa melhor que isso?

SOBRE A ILUSTRADORA

ANA MATSUSAKI

Nasci em São Paulo, em 1986. Desde pequena sempre gostei muito de viajar pelos livros através de imagens e palavras. Meu pai também trabalha para editoras, então em casa sempre tivemos as estantes recheadas de livros: um sonho! Uma das minhas brincadeiras preferidas quando criança era criar revistas e livrinhos: escrevia e ilustrava. Não tinha como ser diferente: quando entrei na faculdade, resolvi estudar Design Gráfico, e a brincadeira virou meu trabalho. Depois disso me tornei ilustradora e *designer* gráfico. Faço ilustrações para as principais revistas do Brasil e crio projetos gráficos para editoras. Também criei um projeto itinerante de experimentações gráficas, no qual dei *workshops* e oficinas de ilustração.